RIBEIRINHOS NA AMAZÔNIA

KLARISSA HENKE

Editora InVerso

® 2022. Editora Inverso

R. Doutor Goulin, 1523 Alto da Glória
CEP 80040-280 Curitiba-PR
(41) 3254-1616 e (41) 3558-8001
editorainverso@editorainverso.com.br
www.editorainverso.com.br
Facebook.com/editorainverso
Instagram @editorainverso

COORDENAÇÃO EDITORIAL
Cristina Jones
Editora InVerso

REVISÃO
Bárbara Martins Wieler

IMAGEM DE CAPA
Daniel Granja/Unsplash

CAPA, PROJETO GRÁFICO E DIREÇÃO DE ARTE
Adriane Baldini

DADOS INTERNACIONAIS DE CATALOGAÇÃO NA PUBLICAÇÃO (CIP)
Mona Youssef Hammoud – CRB/ 9ª 1393

H512r

HENKE, Klarissa. **Ribeirinhos na Amazônia.**
Curitiba.: Ed. InVerso, 2022
108 p. 15 x 21 PTBR

ISBN: 978-85-5540-306-4

1. Livro-reportagem 2. Ribeirinhos. 3. Amazônia. 4. Antropologia.
5. Missionários. 6. Ecologia. 7. Missão. 8. Assistência Social.
I. Título

CDD: 573

Antropologia: 573
Ecologia: 333.7

ASSOCIADO CBL Câmara Brasileira do Livro

brazilian publishers

Em primeiro lugar, dedico esse livro a Deus, pela oportunidade de vivenciar essa experiência tão extraordinária e única e por me permitir explorar a criatividade por meio da escrita.

Além disso, uma dedicação especial a todos os missionários, que saem dos seus lares em prol do outro, para vivenciar uma cultura diferente.

E pra você, caro leitor, que se permitiu escolher essa leitura, desejo que agregue em sua vida e que possa ser um divisor de águas, assim como essa missão foi na minha.

Aos meus pais, Haroldo e Hannelore Henke, que me inspiram a ser forte e "meter a cara" nas aventuras e realizações de sonhos. Se tenho ideias ousadas, é graças a vocês.

Pelos apoiadores desse projeto, sejam os doadores que me ajudaram a realizar a viagem para a Amazônia, sejam os orientadores da Universidade Positivo, em Curitiba, visto que esse livro fez parte do meu TCC em Jornalismo.

Um agradecimento especial aos meus amigos, pelo apoio em tempos difíceis e por me incentivarem a não desistir.

PREFÁCIO

Em meados de janeiro de 2015, embarquei em uma experiência nova, no momento parecia que seria apenas mais uma aventura na minha vida. No entanto, ela transformou a minha forma de pensar, agir e ver o mundo sob uma nova perspectiva.

Visitei uma cultura que não imaginava haver em nosso país, que achamos ser formado por diversidades, mas não nos propomos a conhecê-las.

A bordo do barco "Amor Beatriz", grandes experiências foram vivenciadas mesmo antes de chegarmos até a primeira comunidade, chamada Cachoeira.

Muitos podem se perguntar, mas por que este título: "Ribeirinhos na Amazônia"? Não é apenas um título, mas se trata daquilo que eu, como jornalista, vivi em 15 dias a bordo de um barco, dormindo em redes, conhecendo o trabalho dos missionários em comunidades ribeirinhas. Estou no papel de narradora da história, mesmo que em alguns momentos tenha precisado fazer o mesmo que os missionários faziam. A proposta deste livro é esta: tentar entender os reais motivos que levam as pessoas a abrir mão de suas vidas por amor a outras, deixar suas famílias de lado e até carreiras para se doar ao outro.

O tema do livro nasceu em meu coração, quando estava no terceiro ano de faculdade. No primeiro instante, pensei em missões, mas onde fazer e como abordá-lo em um livro-reportagem com a narrativa de diário de bordo? Em pesquisas, notei que quase não há livros com este tipo de proposta, então certamente seria um grande desafio. Após um tempo de pesquisa, Deus mostrou que seria a Amazônia o local em que este livro seria escrito. E desde esse dia, todas as coisas foram se encaixando, desde a pesquisa bibliográfica, contatos para chegar até lá com os missionários e também a questão financeira. Deus operou em tudo, abriu portas e me enviou nesta missão de "Viver como Missionária".

No início, fazer um livro sobre missões na Amazônia assustou não só a mim, mas a todos à minha volta. Ninguém imaginaria que eu embarcaria naquele avião e aceitaria passar 15 dias a bordo de um barco, no meio do Amazonas, e ainda dormindo na rede. Quebrei paradigmas e rompi barreiras vivendo como missionária.

Mesmo já estando em contato com a responsável do grupo, Jussiana Dourado, a definição da data da viagem ainda era um problema: por conta dos prazos do TCC, precisava embarcar nessa viagem, a qualquer custo, em janeiro. Assim, com a aprovação de pastores da Igreja Batista da Lagoinha (de Belo Horizonte), embarquei para Manaus no dia 16 de janeiro de 2015. Foram tantos os desafios que apenas lendo esta verdadeira aventura para descobrir.

No decorrer dos capítulos, diversos temas foram abordados, entre eles, o mais tocado pelos missionários: dependência de Deus. Com o passar dos dias e tudo o que foi vivenciado, é possível compreender mais profundamente esses termos. Afinal, o viver do missionário está baseado na fé em Deus e na esperança de que, mesmo passando por provações, tudo dará certo no final.

"Perseverar e não desistir" é o lema que os missionários carregam. São pessoas que saem de suas zonas de conforto, abrem mão de suas férias e do bem-estar familiar para servir a desconhecidos. Questões difíceis de serem entendidas. Afinal, o que é ser um missionário? Descobri que é aquele indivíduo que serve com amor, serve sem querer nada em troca. Personagens como Thiago, Jussiana, Mércia, Josué e Gabriela vão, ao longo dos capítulos, clarear a ideia do que é ser, de fato, um missionário.

SUMÁRIO

EM BUSCA DO NOVO

No dia 16 de janeiro de 2015, saio da minha cidade natal, que é a Lapa (Paraná), viajo cerca de 70 quilômetros até o aeroporto Afonso Pena, em São José dos Pinhais (próximo a Curitiba). Chegando próximo das 6h da manhã no aeroporto, despacho a mala e sigo para a sala de embarque para encontrar o meu voo, o 5031. Naquele instante, inicia-se a minha aventura, que até aquele momento imaginava que seria "simples".

Sinto em meu coração um pluralismo de emoções, tentando sempre me colocar no lugar dos missionários. O que eles sentem ao deixar tudo para trás? Ao entrar na sala de embarque, minhas mãos estão trêmulas e suando, até tento olhar para trás para ver se enxergo quem deixei do outro lado. Mas, a partir de agora, preciso manter como foco aquilo que estou prestes a conhecer e vivenciar.

Ao entrar na aeronave, por volta de 6h28, me deparo olhando para os segundos do relógio, como se não passassem. Sentar na janela foi a opção para poder observar a paisagem, porque até Manaus são cerca de quatro mil quilômetros. Mas, antes de chegar até lá, a minha primeira parada foi até o aeroporto de Confins, em Belo Horizonte.

Ah, e claro que Curitiba seria Curitiba, então, para variar, o céu estava nublado. Neste momento, o meu pensamento foi: "Como será que está o clima em Belo Horizonte? E em Manaus? Enfim, tenho um longo dia pela frente". E a famosa frase ecoa dentro da aeronave: "Tripulação, preparar para a decolagem". Chegou o momento pelo qual tanto esperei. Vou em busca do novo e do incerto aos olhos de muitos.

Como vou me sair vivendo como missionária? Este pensamento acompanha o momento em que a aeronave vai subindo. Olho para fora, a fria e chuvosa Curitiba vai desaparecendo, enxergo da janela apenas um mar de nuvens.

Durante 1h20 de voo, passei por todos os canais da televisão, ouvi música e escrevi. Por volta das 8h30, cheguei a Belo Horizonte, peguei as bagagens de mão para fazer conexão com destino a Manaus. A vegetação já havia mudado: de cima, o que eu via eram longos e grandes rios, e também barcos. Até o fim dessa viagem, vou saber diferenciar os tipos de embarcações dessa região: soube que existem nomes bem diferentes, como "recreio". Ao meu ver, "recreio" é o momento em que as crianças se reúnem na escola para fazer o lanche e brincar. No Amazonas, é um barco de transporte que leva os ribeirinhos até os municípios mais próximos. O "voador" (ou "voadeira", dependendo da comunidade), conhecido como lancha a motor, também fará parte da minha nova experiência.

Chegando a Manaus, atrasei o meu relógio duas horas, ou seja, de 12h30 (horário de Brasília) para 10h30 (horário local). Após descer do avião, descobri que a missionária líder, Jussiana Dourado, estava no mesmo voo. A minha ansiedade de repórter, com pouca experiência, falava mais alto: "Como será conviver em um barco com pessoas desconhecidas no período de 15 dias?".

Entrando na sala de desembarque, alguns missionários já estavam nos esperando, eufóricos. Falavam alto e nos recepcionaram com abraços calorosos e perguntas sobre a viagem. Parecia que nos conhecíamos há anos.

Depois de pegar a bagagem, o nosso próximo destino foi Puraquequara (bairro do município de Manaus, localizado na zona leste do estado). Neste bairro, também está situada a base de Asas de Socorro, que será o nosso suporte de treinamentos e também assistência durante a viagem. A instituição missionária Asas de Socorro existe há mais de 40 anos em Manaus. Conhecida também pelos missionários como hangar Asas de Socorro, realizam trabalhos sociais e evangelísticos com mais de 60 comunidades ribeirinhas em todo o Amazonas. Além de oferecerem o trabalho logístico por meio de aeronaves, praticam atividades de cunho espiritual, com ensinamentos da Bíblia, cultos, estudos bíblicos e testemunhos. Para chegar até essas comunidades, dependem do apoio de missionários de outras igrejas evangélicas e instituições missionárias cristãs.

A informação que havia recebido na chegada em Manaus é de que iríamos ficar dois dias na base, um para descanso pós-viagem e outro para fazer um treinamento de como nos relacionarmos com os ribeirinhos, tanto para o pessoal da saúde quanto para aqueles que iriam fazer o evangelismo e a visita nas casas.

Voltando à nossa viagem, saímos do aeroporto e seguimos de ônibus em direção a Puraquequara, durante uma hora. Sentei no primeiro banco do ônibus. Por conta do calor, meus pés incharam e estava difícil de andar. Naquele instante, rodeada de pessoas desconhecidas, seguimos para o desconhecido, em busca do novo. Pela janela avistava grandes bananeiras e palmeiras. O ar era seco e, por conta disso, havia um cheiro forte. As ruas dos bairros são estreitas, com lojas agrupadas. E as casas são pintadas de cores chamativas: vermelho, rosa e verde-choque.

Chegando à Base, a primeira recepção logo ao sair do ônibus foi o calor – sinceramente, parecia um forno. A segunda foi um delicioso almoço preparado pelos missionários. Pudemos nos servir à vontade, mas tinha um lema: "podem comer à vontade, mas sujou, lavou". Isso, é claro, para manter a ordem e aumentar a interação em grupo. Durante a refeição, lembro-me de que foi servido um suco diferente, parecia com suco de polpa de maçã, mas errei. Era de aratiquim. Delicioso! Com uma textura cremosa, matou a sede como água!

Após o almoço, os restos de comida foram deixados em uma bacia e depois jogados na beira do rio, para os peixes comerem. Isso é uma tradição de quem é de Manaus e da região do Amazonas. Como não existem caminhões de lixo passando diariamente, e o saneamento básico – quando existente – pode ser precário, a única opção é jogar os resto de alimentos e outros lixos orgânicos no rio. Nas comunidades ribeirinhas, essa opção acaba tornando a água do rio tóxica, porque nem sempre os peixes alimentam-se de tudo o que é jogado.

Até o domingo, antes de ir para as comunidades, as missionárias mulheres dormiram em uma casa bege de madeira (no mesmo terreno da base), com telhas de Eternit, próxima a um cajueiro e de frente para o rio.

Tinha dois quartos, uma varanda na parte de trás e um banheiro, e na sala e cozinha também foram colocados colchões para que as missionárias pudessem dormir. Os homens dormiram no alojamento da base, em um espaço menor, mas lá havia mais dois banheiros, um com três chuveiros e outro apenas com o lavabo.

Para tomar banho, o chuveiro tinha duas temperaturas extremas: gelada, caindo muita água, ou morna, com pouca água. Acredito que tenha sido um preparo para o que enfrentaria nos dias seguintes. *Na verdade, naquele instante eu não tinha ideia do que encontraria pela frente.*

Por volta das 15h11, deitei em um colchão na cozinha da casa. Estou próxima de duas janelas, vejo árvores verdes balançando e um ar puro vindo até mim. Atrás das árvores, o céu está escurecendo, acho que vem chuva por aí. Acertei! A chuva começou devagar, ouvi os pingos batendo no telhado. Ah, sentir o cheiro de chuva e terra molhada traz paz no coração, alivia a alma. Obra de Deus, que fez o mundo em sete dias com detalhes tão perfeitos.

Provavelmente, vamos para as comunidades no sábado à noite, já que o restante do dia de chegada era livre para que os missionários pudessem descansar e conhecer o local. Conversando com a Jussiana, ela me contou que vamos "subir" sete comunidades e no decorrer dos dias ir descendo, até chegar novamente a Manaus. A expressão "subir o rio" significa que vamos até a comunidade mais longe, que é Cachoeira, para só então ir descendo até a última, que será Jacarezinho. A previsão é ir no dia seguinte, sábado 17 de janeiro, e voltar das comunidades apenas no dia 28, em direção a Manaus.

Já está escurecendo. Por volta das 17h30, fui com os missionários em um mercadinho a 2 km da base, a pé. Todos conversando e rindo na ida. Depois da chuva, fazer esse caminho a pé fez com que o chinelo formasse três andares de barro, dificultando a subida. Na vila próxima ao mercado, havia muito entulho e lixo jogado nos cantos das casas. Não há saneamento básico naquela região. E noto uma carência dividida com curiosidade no olhar das crianças daquela comunidade. Há muito o que se fazer por este Brasil, o que falta é sairmos do comodismo e praticar verdadeiramente o IDE. Precisamos sair das quatro paredes chamada "Igreja" e pregar mais o evangelho. As pessoas estão sedentas do amor de Jesus.

Na volta para a base, outro problema surgiu: em um grupo de dez pessoas, tínhamos apenas duas lanternas, garoou e a estrada com terra alaranjada estava úmida. Sou adulta e não tenho mais os mesmos medos de quando era criança, mas só com duas lanternas parecia um breu. O medo não era de ser assaltado ou algo assim (coisas de cidade grande), mas de animais: estávamos no meio do mato, em uma estrada aberta de barro molhado. Não tive nem coragem de olhar para os lados.

Quando retornamos à base, a primeira coisa foi achar uma torneira e retirar todo o barro. A janta foi servida: sopa de macarrão e pão. Às 21h21 me senti exausta. Com o calor, os pés estavam inchando cada vez mais. O fuso horário acaba com quem não está acostumado. E o que resta hoje? Erguer os pés pra desinchar e dormir. Amanhã temos que acordar cedo, o café da manhã é servido bem cedo e as palestras de treinamento começam às 8h.

Inicia-se o segundo dia de adaptação. O café da manhã é servido apenas às 7h30, mas com toda a movimentação no quarto, acordei às 6h20. Fiquei deitada, refletindo um pouco. O aperto no coração continua ali:

estar do outro lado do país, sem ter contato com a família e os amigos não é algo fácil. A operadora de telefonia, para variar um pouco, está totalmente sem sinal, o que me deixa com o desconforto no peito ainda mais pesado. Fico a cada instante me perguntando: o que, afinal, leva todas essas pessoas a deixarem suas famílias e todo o conforto de suas casas para irem a um lugar totalmente desconhecido? Entendo que cada um reage de um jeito perante as situações, mas existem perguntas sem respostas até este exato momento.

Estou na parte da frente da casa, procurando por recepção no celular. Logo na minha frente observo o rio, é calmo e de vez em quando dá para ouvir os peixes pulando. Hoje, o clima está ameno e o céu, nublado, sinto uma leve brisa nos ombros. Ouço o barulho de pássaros e homens trabalhando com motosserras, imagino que devem estar longe, mas com o vento, o ruído chega até mim.

Às 8h, vamos para o treinamento de Oralidade, que vai até 12h – é nesse momento que os missionários se apresentam. Durante a aula, entendemos que o plano de Deus não é tornar os missionários apenas "um cano", pelo qual a água só passa. Porque a missão de vida é contribuir na vida do outro, não apenas em questões financeiras, mas dedicando tempo e amor ao próximo. Por isso, compararam os missionários com um cano de água, que não deixa marcas e não muda em nada por onde passa. Desde já, tenho o entendimento de que os missionários têm a "missão" de serem agentes de mudanças, com o principal objetivo de levar o evangelho para locais de difícil acesso.

Durante o treinamento, também aprendemos métodos para dar segurança aos missionários na hora de contar histórias e parábolas da Bíblia aos ribeirinhos: povo isolado e pouco conhecido da sociedade. E o método de contar histórias não é focado somente em crianças, mas também para alcançar os adultos. Como visitar uma comunidade ribeirinha, em que nós somos vistos como estranhos e temos a missão de mostrar algo novo, algo com que eles não estão acostumados? Serão dias de trabalho duro, mas se desde o início da minha jornada Deus está no controle, Ele também estará em todas as circunstâncias.

Independentemente da idade, todos estão com os olhos atentos, escutando a história da Bíblia que está sendo contada. Há um cheiro de café recém-passado e calor sem vento. Todos escutam a história sendo narrada pela professora, para que da mesma forma possamos contá-la aos ribeirinhos. Os métodos de oralidade são: 1. Ouvir a História; 2. Recontar; 3. Guiar a História; 4. Procurar Tesouros; 5. Aplicar Tesouros Espirituais.

Missionário é aquele que encontra pessoas e se torna dependente de Deus. Com algumas situações que serão vivenciadas ao longo da viagem, é possível compreender o significado de "viver na dependência de Deus", que é baseado na fé em que os missionários se apoiam. — Klarissa Henke

Agora são 13h30, há sol, mas não está tão quente quanto ontem. Um leve vento nos acompanha. Já estou com a emoção controlada. Saber o que é, como vai acontecer, aquieta o coração e diminui a preocupação. A mudança de rotina e o fuso horário acabam deixando o dia mais cansativo e demorado. As duas horas que tive que atrasar o relógio, logo que cheguei, fazem muita diferença durante o dia.

Às 16h, tivemos quinze minutos para fazer um lanche: café com bolacha recheada. Enquanto os missionários estavam no treinamento, Jussiana estava a todo o tempo no telefone, resolvendo os últimos detalhes da viagem. Eu nem imaginava o que encontraria pela frente, sabia que com apenas as pesquisas bibliográficas eu não teria muita noção de campo, mas sim, tudo é completamente diferente do que eu imaginava. Outra coisa que gostaria de ressaltar é que até chegar ao final da viagem e refletir sobre tudo, eu não imaginava que esta aventura também iria transformar o meu jeito de pensar e agir. Como jornalista, coloquei-me na função de narradora, mas, consequentemente, eu também tive que viver o mesmo que os missionários.

Estamos chegando ao fim da tarde, o vento já mudou e o sol desapareceu por trás das nuvens que estão escurecendo. Vem chuva aí. O treinamento terminou, ganhamos um certificado e tiramos fotos para registrar o momento.

O barco chegou à base, tem três andares. No instante que o vi, senti um frio na barriga. A expectativa e a ansiedade estavam numa disputa dentro de mim.

Fui arrumar a mala para que pudessem ser colocadas no barco. Os missionários foram jantar, mas como não estava com fome, troquei a refeição por ligações e conversas, já que só vou "teclar" e ter comunicação dali duas semanas, quando a missão encerrar.

Entrando no barco, montamos as redes e colocamos as malas no meio, embaixo das redes (durante a noite ou quando o barco está se movimentando, as malas não podem ficar nos cantos do barco, porque podem cair). Josué, um rapaz que está sempre disponível para ajudar, nos ensinou que, quanto mais alta a rede ficar, mais confortável é para dormir. A posição para se dormir confortavelmente em uma rede é não deitar reto nela e sim de uma forma transversal, para evitar dores nas costas. Parecia um filme de comédia, não foi fácil deitar nela: um dos lados sempre fica mais alto, desproporcional. Não tinha como dormir no chão. Tomei remédio contra enjoo por causa do balanço do barco e logo adormeci. Acordava de meia em meia hora, leva um tempo para se acostumar com a movimentação estranha do barco. Vale ressaltar que, antes desta expedição, eu nunca tinha andado de barco por mais de meia hora, tudo era completamente novo.

Aqui no barco temos regras, entre elas: nunca discuta quais são as melhores condições climáticas com o comandante do barco. Ele conhece esses rios e trajetos como ninguém e sabe o horário certo que devemos partir. O combinado na base de Asas de Socorro era de que sairíamos às 3 horas da manhã do domingo, mas o capitão antecipou a saída de Puraquequara para 1h30. Iríamos em direção à primeira comunidade ribeirinha, Cachoeira.

Levanto umas 6h30: ô dificuldade de sair da rede. Depois de me vestir, fui observar a paisagem e me acostumar com o balanço do barco. Após o café da manhã, com pão feito na hora e margarina, o pessoal se reuniu no segundo andar para conversar e se conhecer melhor. Recebemos algumas instruções de como se relacionar com o povo ribeirinho, principalmente sobre tomar cuidado para não julgar os seus costumes, e não permitir alguma expressão facial negativa que pudesse difamar o modo de vida deles. É essencial respeitar a cultura deles, aliás, uma vasta cultura que estou ansiosa para conhecer.

Na reunião, foram definidos os grupos de trabalho: evangelismo, clínica médica e odontológica, farmácia, palestras e crianças. No decorrer dos dias, conforme passo pelos diferentes grupos de trabalho, descrevo o funcionamento de cada um. Algumas pessoas vão ficar fixas e outras vão passar por uma rotatividade.

A primeira comunidade a receber o trabalho dos missionários é Cachoeira, que está localizada no entorno do Rio Manacapuru, a 280 quilômetros de Manaus. Com 11 famílias ribeirinhas morando lá, a única fonte de energia é um gerador de luz. A principal atividade econômica da comunidade é o plantio da mandioca, açaí e a banana. As pessoas vivem principalmente da mandioca e do peixe, que é pescado todos os dias.

Enquanto viajamos, passamos por outras comunidades. Do lado esquerdo só se veem árvores e do outro, algumas casas pequenas. Como o meu objetivo é de conhecer o trabalho dos missionários, farei parte do grupo de rotatividade, deixando de passar apenas pela clínica odontológica. No primeiro dia, fico com a parte do evangelismo, na sequência, na triagem com os enfermeiros, depois na clínica com os médicos e, por fim, com as crianças.

O evangelismo é utilizado para que os missionários tenham acesso às casas dos ribeirinhos para conversar e dar aconselhamento. Eles não têm o costume de ir ao médico, então o evangelismo também serve como ferramenta para chamá-los aos atendimentos. Depois da reunião, meio-dia foi o horário do almoço com: arroz, feijão carioquinha, salada e farofa. E um refrigerante de guaraná, chamado "bera". É muito gostoso, parecido com o refrigerante de guaraná normal, mas menos doce.

Ainda não me acostumei com o fuso horário, quando chega o horário do almoço, a fome até já passou. Se pararmos para pensar, é interessante estarmos no Brasil com um fuso horário diferente daquele com o qual estamos acostumados. Precisamos amar mais o nosso país, a nossa cultura e até mesmo os governantes, orar e interceder pelo nosso Brasil. Há muito trabalho a ser feito e poucas pessoas dispostas a abrir mão de seu tempo por amor a outros. A Bíblia fala em João 4: 35-38 que os campos estão brancos para a ceifa, mas os ceifeiros poucos são, Jesus nos enviou para ceifar.

Hoje o dia foi de preparo para os missionários, preparo e ansiedade para, enfim, chegar à primeira comunidade ribeirinha. Analiso a empolgação deles e me pergunto: o que os fez deixar suas famílias por 15 dias de suas férias para se dedicarem a pessoas desconhecidas? Essa é uma incógnita na minha mente, mas acredito que até o fim desta viagem terei a resposta. Sento em um banco próximo à beira do barco e observo a água, as árvores e as poucas e pequenas casas que avisto no decorrer da viagem.

O tempo está seco e muito quente no decorrer do dia. Ao chegar o fim da tarde, os missionários se reúnem na proa do barco para conversar, tocar violão, cantar e se conhecer melhor. E, para nossa surpresa, ou para deixar a vista ainda mais bela, temos a recepção de botos saltitando no rio. Todos correm para pegar câmeras e celulares para registrar o momento. São criaturas raras de se ver, não dá pra perder essa oportunidade. Espero que não se tornem extintas.

No horário do jantar, todos se reúnem como podem, uns sentam em cadeiras e outros no chão. É preciso aproveitar e descansar agora, porque nos próximos dias teremos muito trabalho para poucas horas e grandes desafios pela frente. Amanhã chegamos à primeira comunidade ribeirinha. Muitas perguntas pairam na minha mente, perguntas para as quais somente no fim desta viagem terei resposta. Estou ansiosa para viver o novo, o diferente. Mas amanhã chegaremos a Cachoeira, onde será o começo de tudo o que iremos vivenciar.

Essa aventura tinha se iniciado com um sonho, depois passou a trazer grande expectativa em meu coração e agora, com a graça de Deus, finalmente vou poder iniciar. É assim que as coisas acontecem quando permitimos que o Pai esteja no controle de nossas vidas, o que era apenas um sonho se torna realidade. Seguimos pelo rio Manacapuru, até não avistarmos mais sinal de cidades ou pessoas, subimos o rio e, em alguns instantes, dúvidas surgem: realmente aqui onde parecemos estar, no meio do nada, existem pessoas e comunidades? Observo os olhares dos missionários e não há um sequer que toma tempo de olhar para trás, todos estão com o coração cheio de alegria e ansiosos pelo começo de uma aventura que poderá mudar o rumo de suas vidas.

CACHOEIRA, O COMEÇO

Acordei e levantei da rede, perguntei para uma das missionárias e já eram 6h30. Mais um dia se inicia, dor nas costas e noite mal dormida por causa do desconforto da rede. Aqui nem precisamos de despertadores, as redes são grudadas umas nas outras, quando um levanta ou se mexe, todas as redes fazem o mesmo, como se fosse um efeito dominó. Não sei por que, mas sou sempre uma das primeiras a levantar, acho que não me acostumei com este ritmo. Levanto e procuro a minha mala azul e sigo para o banheiro me trocar.

Detalhe: no andar de cima há apenas dois banheiros, um feminino e outro masculino. Outro fator importante, na verdade, uma regra colocada desde o primeiro dia: nos banheiros de cima, os missionários só podem fazer as suas necessidades conhecidas como "número um", o que se enquadra como "número dois" deve ser feito no andar debaixo. O motivo é que, por ser um barco, o "número dois" não desce até o cano de baixo. A regra definida era de que quem fizesse o "número dois" no segundo andar teria que dar um jeito de fazer descer pelo cano. Sim, é nojento! Mas regras são regras.

Após todos terem levantado, colocam suas redes para cima. Ainda não consegui prendê-la, precisa enrolar e amarrar com um nó o mais alto possível, para que durante o dia todos possam caminhar facilmente pelo barco. As mulheres dormem com as redes no meio do barco e os homens nas laterais, tudo no mesmo espaço. Somente três senhoras e uma dentista se dividem e dormem no camarote e na farmácia, locais onde têm camas ou colchões.

Tivemos um momento de comunhão que é considerado regra durante toda a viagem: o devocional. Normalmente, acontece durante meia hora antes do café da manhã, na qual Jussiana lê um trecho da Bíblia, os missionários cantam alguns louvores e oram. Além disso, também recebemos algumas orientações sobre a comunidade. Conforme o combinado, até as 8h precisávamos tomar café e estarmos prontos para ir até a comunidade de Cachoeira.

Para se arrumar, não dá para se esquecer de passar repelente, óleo de andiroba, protetor solar, etc. Estamos na Amazônia, existem muitos insetos e mosquitos.

Fui até a proa para ver como era a comunidade, estava de chinelo, mas resolvi colocar tênis. Imagine um barranco, um pouco íngreme e com barro alaranjado. Este foi o primeiro desafio do dia. O barranco descia uns 300 metros para conseguir chegar à comunidade. Era preciso pisar onde estava mais escuro, para não afundar o pé. Logo na chegada, fomos recepcionados por sete crianças, tímidas e curiosas para saber quem éramos. Estavam sentadas em um banco, embaixo de uma árvore, esperando a chegada dos missionários. A paisagem era linda, recordo-me até hoje: imagine uma pequena ilha onde em volta tem apenas água e árvores, Cachoeira é assim.

A comunidade de Cachoeira tem 12 famílias, é silenciosa e o único barulho que se houve é o ronco do gerador que fica ligado o dia inteiro. O som se parece com uma roçadeira. Logo na entrada, no lado esquerdo, me deparo com a escola e, na sequência, três casas simples de madeira. No outro lado, algumas casas, uma igreja e um orelhão. Algumas missionárias conseguiram ligar para seus familiares, mesmo a cobrar.

Quando eu peguei no telefone, após longas tentativas, a ligação só falhava. Tentativa frustrada! Aos poucos, vou compreendendo que não estou nessa aventura como mera narradora e distantes dos fatos, prossigo narrando tudo o que se passa, mas aos poucos vão ocorrendo mudanças dentro de mim.

O sotaque dos ribeirinhos é uma mistura entre o nordestino e mineiro. Descobri que as pessoas, no geral, são tímidas assim como as crianças: quando conversam, falam baixo e com receio. Depois se soltam, sorriem bastante. Eles têm a fisionomia parecida com a de índios.

Cuidado! Nunca chame um ribeirinho de índio, para eles, é como um xingamento, uma ofensa. Os ribeirinhos acreditam que os índios são selvagens, diferente deles. Cultura é cultura e o nosso dever, como estranhos, é respeitar!

O que se vê em volta? Água, muita água com cheiro de lama ou mangue. Um dos principais costumes dos ribeirinhos é tirar o chinelo quando entram em suas casas, e as crianças fazem o mesmo. Então, quando for visitar uma casa ribeirinha, não estranhe e respeite a cultura deles, tirando também o calçado.

As casas são de madeira e não há o costume de serem pintadas. Geladeira é algo que não funciona ali. Quando existem banheiros, são construídos fora das casas. Na verdade, para os ribeirinhos, itens como geladeira e banheiro são considerados de luxo e também desnecessários. Mas mesmo com tantas faltas, praticamente todas as casas têm televisão. Na maioria dos lugares, dorme-se em redes, já que cama também é luxo, ou fora de questão para a cultura deles.

A maioria dos locais em que os ribeirinhos vivem, encontramos as chamadas "casas de palafitas". As palafitas são comuns em áreas tropicais e equatoriais, locais em que há um alto índice pluviométrico. No Amazonas, não existem as quatro estações do ano e sim tempo de chuva e tempo de seca. Na chuva, para evitar que as casas fiquem alagadas, os ribeirinhos usam as tábuas para subir o piso da moradia conforme a água vai subindo. Tanto o período das chuvas quanto o da seca fazem com que o povo das águas, os ribeirinhos, sofram. No período da seca, quem sofre o impacto é a plantação que, prejudicada, diminui a produção e a comercialização. É neste tempo que muitas famílias passam fome, o rio seca e não há como consumir peixes, e a plantação de mandioca também morre por falta de chuva.

Prosseguindo com a rotina diária, os dentistas e auxiliares instalaram a clínica odontológica na escola da comunidade, mas como não é possível atender toda a demanda dos pacientes, fazem apenas os restauros mais urgentes. As enfermeiras organizam os remédios e também ficam na triagem, trabalhando em conjunto com os médicos. E quando os pacientes são analfabetos, a instrução é de que os enfermeiros desenhem o sol e a lua para que os ribeirinhos possam identificar em qual horário o medicamento deve ser tomado. Os remédios geralmente dão para, no máximo, dois meses, depois infelizmente não se sabe como fazer para conviver com os problemas de saúde. A bordo também temos duas fisioterapeutas que, em cada comunidade, no fim da tarde, fazem alongamentos com os ribeirinhos que apresentam dores nas juntas pelo trabalho no roçado e na pesca.

Os missionários que vão trabalhar com as crianças ficam no barco e fazem as atividades após os atendimentos com as crianças na parte da manhã. Primeiro eles recebem os atendimentos necessários e depois podem se divertir.

Achei que o primeiro dia seria mais corrido, mas ainda é tempo de adaptação. Como é uma comunidade menor, com 12 famílias, é possível para os missionários ter um contato maior e conversar com os ribeirinhos.

Os atendimentos vão prosseguindo e cada missionário faz o trabalho para o qual foi determinado, um trabalho em equipe semelhante ao que as formigas fazem, todas trabalham unidas com o mesmo objetivo. Foi estipulado que no fim da tarde, por volta das cinco horas, será o fechamento das clínicas e dos atendimentos. E é também o momento em que os missionários se unem para desmontar todos os equipamentos odontológicos, farmacêuticos e clínicos. Agora, é hora de descer o barranco de 300 metros e tomar um banho, com água gelada.

Sugestão: quando for participar de alguma missão na Amazônia, não deixe para tomar banho à noite, a água fica congelada e não é exagero. No decorrer desta aventura, vou detalhar como é o banheiro, não é luxo e nem se compara ao seu banheiro de casa.

Vou tomar um banho, jantar e me arrumar para o culto na Igreja Assembleia de Cachoeira/AM. No fim da tarde, o capitão levou o barco para o outro lado da comunidade, porque ao entardecer geralmente dá aquela chuva forte e, se o barco não ficar protegido entre as árvores, pode virar.

Para chegar até a Igreja, passamos por mais um desafio: era 19h15 e já tinha escurecido, fomos a pé e de lanterna, passando por meio da floresta em uma trilha estreita. Apenas uma lanterna comum, de luz "forte" não adiantava, parecia ser pior que um breu, olhava para os dois lados, estava escuro e molhado. Não sabia se iluminava o chão para não escorregar ou para os lados do caminho para enxergar algo.

Passados 5 minutos que pareciam meia hora, chegamos à Igreja. Ela é pequena, branca e de madeira. O chão é batido e sem piso. Como a comunidade ainda não tem muitas pessoas convertidas ao cristianismo que possam ajudar com equipamentos e na construção, a estrutura é precária. Tem apenas um microfone e uma caixa de som F800. No fundo, tem um tecido de TNT amarelo e branco pendurado. No culto, foram ministrados dois louvores e abriu-se espaço para que os missionários contassem os seus testemunhos de vida e daquilo que Deus tem feito em suas vidas aos moradores. O culto foi até as 21h30, e foi o momento no qual os missionários se despediram dos moradores que estavam presentes. Noto no olhar dos ribeirinhos tristeza, porque são poucas as vezes durante o ano que recebem missionários em sua comunidade. Pessoas que não trazem somente auxílio médico, mas dedicam o seu tempo para ouvir os seus anseios e problemas. Conhece o termo "empatia"? Pois é disso que os ribeirinhos precisam. Não adianta chegar nas comunidades com cara de dó ou pena, é preciso ter empatia pela realidade deles, por aquilo que vivem ou temem.

Saímos e enfrentamos a trilha para chegar até o barco. Agora, além de estar escuro e molhado, também estava garoando. Cheguei ao barco, tirei o calçado e subi as escadas até o segundo andar. Ufa! Enfim, cheguei à minha cama... Ops, minha rede que agora chamo de cama. Dizem que é bom dormir no balanço, mas não estou me adaptando tão bem a essa ideia. Amanhã estaremos em outra comunidade, e assim começa tudo de novo, montar e desmontar. E que venham novas experiências, porque estou ansiosa!

A próxima comunidade da nossa viagem se chama Dominguinhos, localizada a 270 quilômetros de Manaus, e nela vamos ficar dois dias. Lá vivem 20 famílias que produzem mandioca, açaí e banana. Além disso, utilizam o gerador como fonte de energia. Para ter acesso às informações sobre as comunidades, tanto o Instituto Brasileiro de Geografia e Estatística (IBGE) quanto outras bases de dados não disponibilizam a localização exata e outras informações sobre as sete comunidades pelas quais iremos passar.

Segundo o IBGE, são disponibilizados e coletados dados somente de localidades legalmente constituídas por leis municipais. Ou seja, essas comunidades não constam publicamente em nenhum local para a sociedade em geral ter acesso. Após uma longa pesquisa, consegui o contato de um dos missionários de Asas de Socorro, que, via e-mail, enviou algumas planilhas com registros de comunidades ribeirinhas do Amazonas. A planilha de dados foi feita pelo município de Caapiranga (órgão vinculado ao Governo do Estado do Amazonas) e, a partir dela, foi possível coletar algumas informações sobre a fonte de renda e a quantidade de famílias que residem em cada comunidade ribeirinha.

Dominguinhos é a maior comunidade pela qual vamos passar, é como uma pequena cidade. Tem de tudo que você possa imaginar, como um lindo mirante, casa de costura... Bom, espere chegarmos até lá e você vai poder conhecer o que mais ela tem. A dica é: tem algo que nunca imaginaria encontrar na Amazônia. Já disse anteriormente, mas este Brasil sempre me surpreende por suas belezas inigualáveis e uma cultura riquíssima. Aliás, a criatividade do brasileiro é única!

DOMINGUINHOS, A PEQUENA VILA RIBEIRINHA

A comunidade de Dominguinhos é a que apresenta a melhor estrutura escolar. As casas, diferente de Cachoeira, são pintadas e também têm uma melhor estrutura. Como a comunidade é maior, ficamos dois dias fazendo os atendimentos com os ribeirinhos. Logo na entrada, me deparo com uma praça com bancos e flores. Tem uma escola com refeitório e cozinha, Igreja Católica e um imenso campo de futebol. As casas são ao redor do campo para deixar ainda mais claro de que se trata de uma pequena vila.

E como funcionam as leis nas comunidades? Não existe prefeito, quem está no comando? Geralmente, o presidente ou chefe, como é conhecido, é quem comanda. As comunidades são formadas por famílias, ou seja, o chefe da família principal é considerado o presidente daquela comunidade e é ele quem rege as leis. Para os missionários terem acesso, é necessário pedir permissão para se aproximar. Caso contrário, os ribeirinhos podem retirar os intrusos à força ou de alguma forma nada amigável.

E o que nunca imaginaria encontrar na Amazônia? Uma delegacia. Isso mesmo! Não aquela com a qual estamos acostumados, com grades, delegado e policiais, mas sim um pequeno "puxado de madeira", sem janelas e com tranca nas portas. A comunidade é conhecida por ter competições de futebol e de chute a gol. Outro detalhe importante: o campo de futebol é imenso e nos lados tem várias traves. É para o campeonato de quem acerta mais gols, disputado entre as comunidades ao redor. Em campeonatos assim é comum haver brigas e discussões, por isso criaram a delegacia. Se alguém dá problema, deixam o indivíduo ali preso durante um dia inteiro e depois de cumprir a "pena", o deixam ir embora.

É o segundo dia de missão, mais um para tentar se adaptar à vida de missionário. Como será que estarei até o final? Tenho longos dias pela frente... Acordamos mais tarde hoje, já era 6h20 quando me preparava para encarar a fila no banheiro e arrumar a minha rede.

Durante o dia e com a convivência, os missionários contam que a falta de privacidade é o que mais os incomoda. Para trocar de roupa, é necessário ir aos banheiros, ou o de cima ou o de baixo. Imagine para as mulheres? Não dá muito tempo para ficar escolhendo a roupa ou a combinação certa, como somos acostumadas no dia a dia. Dependendo da hora que você acorda, pega a primeira roupa e veste. Hoje estamos atrasados, já são 9h45 e ainda não iniciamos os atendimentos.

Próximo à proa, a minha recepção é de quatro mulheres ribeirinhas lavando roupas e panelas à beira do rio; no barranco próximo ao rio, uma criança sentada de cócoras observa o que as mulheres estão fazendo. Do meu lado esquerdo há dois barcos parados, um deles parece que não é mais utilizado, só restou sua carcaça, e o outro é um barquinho menor a motor.

Voltamos à mesma rotina: instalar os equipamentos da clínica e desempacotar os medicamentos. Para tomá-los, como a água do rio é contaminada, as enfermeiras orientam que os ribeirinhos a fervam. Lembrando que é costume do povo ribeirinho jogar os restos de comida no rio, pois, segundo eles, os peixes comem. No entanto, é neste momento que o rio acaba sendo contaminado.

Quando chegamos à escola, que tem três salas e uma cozinha com refeitório, o primeiro passo é a limpeza. Na noite anterior choveu muito e estava tudo alagado e com barro. Em Dominguinhos, as crianças não são tão tímidas quanto em Cachoeira, conversam e são bem mais curiosas. Para nos aproximarmos delas, começamos a tirar fotos, com o famoso pau de selfie. Vejo aquele brilho no olhar das crianças, conhecendo o novo.

O ar aqui é puro, uma brisa suave paira sobre o ombro e o rio é escuro, não tem aquele cheiro forte de lama. Depois de acompanhar os missionários descarregando os equipamentos, seguimos para o evangelismo. Nesta parte, no evangelismo, o papel dos missionários é ir até a casa dos ribeirinhos para se aproximar deles. É uma estratégia para divulgar os atendimentos médicos e ter mais contato com a comunidade. No fim de cada evangelismo, é aberta a oportunidade de os ribeirinhos exporem os seus pedidos de oração. Os missionários fazem um círculo e todos oram juntos, clamando pelas necessidades dos povos das águas, como são conhecidos os ribeirinhos.

A Bíblia ou, segundo os missionários, a "palavra de Deus", que é o manual no qual os missionários acreditam e depositam a sua fé, fala sobre o Ide, ou seja, sobre ir e pregar o evangelho a toda a criatura. E essa é a função do evangelismo, não só pregar, mas se aproximar e se preocupar com as necessidades do próximo. Em conversa com os missionários, o que se vê muito no "universo cristão" são palavras ditas pelas pessoas, mas poucas atitudes quando se refere em ajudar e amar ao próximo, realmente praticar aquela expressão popular que diz "colocar a mão na massa". E se fosse para definir o que é ser um missionário, diria que é essa expressão, porque eles não são somente pregadores da palavra, mas são agentes de mudança na vida das pessoas, se precisarem trabalhar, arregaçam as mangas e trabalham o dia inteiro, esquecem as dores e o cansaço e se doam inteiramente ao outro. É lindo de se ver e, ao mesmo tempo, me constrange, porque vejo que, comparado a eles, muitos de nós, cristãos, fazemos absolutamente nada para o crescimento do reino. Há muito que melhorar, mas é preciso querer ser diferente, é preciso parar de achar que sabe sobre o evangelho e se aprofundar mais espiritualmente e também em atitudes. Acompanhando este setor do trabalho,

Mércia, uma das missionárias, me contou que o que a motiva e lhe dá prazer é servir e praticar o Ide. Desde o início da viagem, Mércia conta que já recebeu muitas bênçãos de Deus e que, por meio das missões, ela pode compartilhar um pouco desse amor.

As comunidades ribeirinhas, em geral, além da nossa equipe missionária do Centro de Treinamento Ministerial Diante do Trono (CTMDT), recebem também outras organizações com equipes missionárias pelo menos três vezes ao ano. É pouco, analisando a quantidade de comunidades ribeirinhas que estão situadas por todo o Amazonas. São tantas comunidades que não há registros contabilizados em Institutos de Pesquisas ou dados governamentais. Acredita-se que seja um total de 35 mil comunidades em todo o Amazonas.

Hoje as horas estão passando mais rápido, ainda não me acostumei à mudança de fuso horário. Com o calor, estou começando a sentir uma moleza no corpo, não quero desidratar ou precisar tomar soro (como já aconteceu com alguns missionários). Quando paro e me sento em terra firme, tenho a sensação de que meu corpo ainda está balançando, é como se minha cabeça girasse.

Já eram 10h30 quando os atendimentos acalmaram um pouco. Acompanhei as missionárias Jussiana e Carla para conhecer a casa de farinha e o roçado. O calor estava ardendo na cabeça. Lembra no início desta aventura, quando ainda estávamos em Puraquequara, que meu chinelo estava com três andares de lama? Agora está da mesma forma, a diferença é que a lama é alaranjada e ainda temos a companhia de pequenas formigas vermelhas, aquelas que quando mordem fazem arder sem parar.

Como estávamos de chinelo, precisamos dar a volta na comunidade para conhecer também a casa de uma das missionárias do CTMDT. Em comparação com a casa dos ribeirinhos, os missionários têm mais conforto como: sofá, gerador de luz próprio, banheiro e até fossa. A geladeira é um sonho de consumo para os ribeirinhos e dos missionários, porque nenhuma casa comporta o equipamento, pelo fato de o gerador não suportar tanta energia.

A casa de farinha não é uma "casa" propriamente dita, tem pilares de madeira e uma cobertura de palha. Logo na entrada, me deparo com uma senhora ribeirinha cortando e descascando a mandioca para depois moer e lavar e, por fim, colocar em um tacho grande e quente para terminar a farinha. É um processo muito interessante. O retorno é pouco, mas é uma das únicas fontes de renda que os ribeirinhos têm. É dessa forma que eles conseguem se manter, além da pesca e do roçado, que normalmente é feito pelos homens.

Depois da casa de farinha, fomos conhecer o roçado, que é uma plantação de mandioca. Para chegar até lá, havia uma trilha estreita e também um mato alto em volta. O roçado não é grande, apenas o suficiente para a produção da farinha na comunidade. Não sou muito acostumada ou adepta a fazer trilhas. Senti-me como se estivesse desbravando a comunidade de Dominguinhos.

Voltando até a clínica, passamos por uma ponte alta, feita com restos de madeira velha. Do lado direito, roupas estendidas, como se fosse um varal improvisado. E no caminho, antes de chegar à ponte, deparei-me com três árvores grandes com frutinhas verdes, que são conhecidas como "ingá". Ela se parece com uma vagem com três caroços. Quando abri a fruta, me lembrei da jabuticaba, que tem aquela gosma branca e um caroço em volta. O sabor inicialmente é adocicado e, no final, sem gosto.

Por volta de 12h15, descemos para almoçar. A orientação é de que todas as refeições sejam feitas no barco, para evitar contaminação, porque os ribeirinhos não fervem a água para beber. Soube de um caso que aconteceu ano passado, em que um dos missionários visitou a casa dos ribeirinhos durante o evangelismo e aceitou comer açaí, mas acabou tendo uma intoxicação e foi preciso chamar um helicóptero ou avião para buscá-lo e levar para o hospital mais próximo. Não temos muito tempo para descansar, pois ficaremos poucos dias e temos muito trabalho pela frente. Por isso, às 13h30, voltamos para a comunidade. Dez minutos depois já havia começado a chover. Mesmo a escola sendo próxima das casas, a chuva nos prejudica um pouco, porque impossibilita alguns ribeirinhos, aqueles que não têm o costume de ir ao médico, de saírem de casa.

Agora à tarde vou ficar na farmácia para ver como é a abordagem das duas enfermeiras que atendem aqui. Adaptaram a cozinha e o refeitório da escola para o atendimento da farmácia. A chuva continua tão forte que, por causa das telhas de Eternit, não consigo escutar nada do que as enfermeiras falam com os pacientes. Mas elas continuam atentas e sempre com um sorriso no rosto, não permitindo que qualquer preocupação afete o trabalho. Os remédios da farmácia são transportados no barco em galões azuis e com tampa preta, separados por sacolas e com etiquetas com o nome e o miligrama de cada um.

Acabo me deparando com mais uma situação curiosa com o povo ribeirinho. Estava sentada em um banco na farmácia, registrando algumas fotos dos remédios e das missionárias, de repente, sem querer, uma das fotos saiu com o flash da câmera. Como estava chovendo, ficou parecendo que era um raio. Algumas mulheres ribeirinhas que estavam na fila, esperando para serem atendidas, levaram um susto e gritaram; quando viram que era só a câmera, caíram na gargalhada.

Foi uma situação realmente curiosa, mais uma vez algo que parece ser "normal", como flash de uma câmera fotográfica, causou espanto para os ribeirinhos. Quando elas me notaram com a minha Nikon D90, mal conseguiam me olhar de tanta vergonha. Eles têm telefones celulares, mas somente para uso na cidade, quase todas as casas têm televisão (pelo que notei), mas acesso a outras tecnologias não é possível. É interessante analisar como uma cultura que vive longe de tudo que conhecemos reage em algumas situações de maneira diferente do que estão acostumados.

Agora à tarde, a fila está maior e os atendimentos aumentaram, porque na parte da manhã as mulheres se dedicam ao preparo do almoço. Hoje o dia está voando, já são 14h35, a chuva já diminuiu, mas os raios não dão trégua.

Sentada em um banco de madeira e próximo à janela, avisto uma trave feita de madeira e dois meninos ribeirinhos brincando com paus em uma poça d'água formada pela chuva. Esta é a vida que eles levam, simples, ingênua, curiosa e outros muitos sinônimos que poderia utilizar.

Tanto na alimentação quanto no modo de viver, eles precisam pensar no hoje. Não há como armazenar os alimentos em nenhum local.

O mesmo acontece com os missionários, como a Jussiana, que vive em uma das comunidades. Na casa dos missionários eles têm um freezer, já que possuem o próprio gerador de luz, mas precisam sempre esperar passar o barco com gelo para poder armazenar os alimentos. No entanto, no tempo da seca não há possibilidade de o barco passar. Se fosse para resumir em uma frase o que é ser missionário, eu diria "depender de Deus". Sim, eu sei que a viagem ainda não acabou, tenho muitos desafios a enfrentar, mas essa seria a resposta. E o que é depender de Deus sob o ponto de vista dos missionários?

A Bíblia, que é o livro no qual os missionários baseiam a sua fé, diz em Mateus 6:34, "portanto, não vos inquieteis com o dia de amanhã, pois o amanhã trará os seus cuidados; basta ao dia o seu próprio mal". O que isso significa? Quer dizer que Deus cuidará de tudo, que não se deve deixar a ansiedade tomar conta da vida, mesmo com os maiores problemas, mesmo com falta de comida, como no tempo da seca dos rios no Amazonas.

Tenho a leve impressão de que a observação ou o fato de estar a todo instante anotando tudo o que acontece incomoda tanto os missionários quanto os ribeirinhos. Estamos no segundo dia de trabalho, um trabalho que não é fácil, porque, além de toda a dificuldade que se tem, existe o fator emocional que, se não for equilibrado desde o início, pode gerar problemas.

E neste momento, me refiro a mim mesma. As horas parecem que voam e, em outros instantes, estacionam... O dia não passa. O trabalho dos missionários que abrem mão de tudo para ir a um lugar desconhecido está longe de ser fácil. A palavra de Deus diz em João 4:35 que "os campos estão prontos para a ceifa, mas os ceifeiros poucos são". Sim, isso é verdade, este é o tempo de praticar o Ide (no sentido de pregar o evangelho), de trabalhar e proclamar o evangelho aos que não conhecem. Esta é a mensagem que os missionários que aqui estão repassam a todo o instante. Mas aqui na Amazônia, com tanta água em volta, estou me sentindo como um peixe fora d'água. Está sendo um total choque de realidade, de culturas. Algo para aprender a valorizar mais ainda a minha vida, o que eu tenho. Tento comparar a minha vida com a dos missionários, eles abrem mão de suas vidas para estar aqui como se fosse algo normal, sem sacrifício. Apenas por amar pessoas.

Olho no relógio, 15h30, sigo com as missionárias para um puxadinho, conhecido como a "casa da costura", local em que ensinam as mulheres ribeirinhas a costurar, fazer novos modelos com as roupas que elas têm em casa.

Já estamos chegando ao fim do dia, estou voltando para o barco e os homens missionários decidem fazer um jogo de futebol: homens ribeirinhos x homens do barco. Com a grama molhada, imagino que vá gerar alguns tombos. Chego ao barco e sento na minha rede para escrever e não deixar que nenhum detalhe escape da minha mente. Escrever realmente me faz bem, acalma. Mesmo que as lágrimas corram na face, isso alivia. Ninguém consegue compreender o "eu" de cada indivíduo, isso é muito particular e cada um também reage de alguma maneira com o diferente. Os momentos mais críticos para mim são as refeições, principalmente café da manhã e almoço, que é quando sinto mais falta de estar com a minha família.

No segundo dia na comunidade de Dominguinhos, fiquei com as enfermeiras da triagem. Apenas observei o tratamento dos missionários com os ribeirinhos. Vejo que a triagem é como se fosse a recepção com a comunidade, porque é o primeiro contato que eles têm com a equipe.

Na triagem, após preencher a ficha dos pacientes, são medidas a pressão e o peso de cada paciente. Depois disso, eles são encaminhados para a clínica médica ou odontológica. Hoje o dia está mais corrido, descemos para o barco às 11h50, e 12h o almoço já estava na mesa. Depois do almoço, é o horário de descanso, alguns foram tomar banho no rio e outros, como eu, descansar na rede. Às 14h, voltamos para a comunidade.

Como não tinha tanto movimento, fui com as missionárias Jussiana e Carla no mirante e ali ficamos por algumas horas conversando. Parecia que estávamos de frente para o mar, tinha uma brisa suave pairando sobre os ombros e enquanto conversávamos, observava a calmaria do rio, do Amazonas, da vida do ribeirinho.

E como as horas passam! Olho no relógio e são 16h, agora teríamos uma apresentação de teatro, mas como está começando a chover, vamos para a casa de costura. Uma das mulheres ribeirinhas nos ofereceu biju com castanha. A massa é parecida com a tapioca, só que é mais grossa. Às 17h, os missionários começaram a fechar e empacotar tudo para levar no barco. Amanhã teremos uma nova comunidade esperando atendimento, um novo desafio!

Chegando ao barco, tomei banho e fui ler na rede. Logo que todos jantaram, alguns foram na pracinha ter a última comunhão com os ribeirinhos e outros ficaram para arrumar o aniversário surpresa da missionária Karina. Como gosto de decorar e mexer com bexigas, fiquei para ajudar. Já imaginou passar o seu aniversário longe da sua família? E ainda sem contato? E como está a saudade? Para mim, ainda aperta muito, mas assim como os missionários, estou aprendendo a viver na dependência de Deus. Fico com o pensamento de quantos dias já se passaram e não de quantos faltam, porque assim tenho a sensação de que está passando mais rápido.

A festa foi animada, cantamos e dançamos, como disse a missionária Karina: "Sou muito chique, tive meu aniversário em um iate na Amazônia". E assim termina mais um dia com novas experiências vividas.

O pensamento que paira em minha mente é de como será amanhã em Baruará, comunidade menor que Dominguinhos. Em Baruará (comunidade localizada a 290 quilômetros de Manaus), vou relatar como as missionárias se comportam nas comunidades, o jeito de se vestir (em nenhum momento deixaram a vaidade de lado, mesmo estando a quilômetros de distância de qualquer município). Baruará também é a comunidade em que alguns ajustes são feitos, em se tratando da convivência do grupo. Com o passar dos dias, algumas orientações vão sendo deixadas de lado, como a organização para um melhor convívio entre os missionários.

"O QUE DEUS FEZ NA MINHA VIDA, QUERIA COMPARTILHAR COM OUTRAS"

— Jussiana Dourado

Conhecer a história de Jussiana Dourado é importante para compreender vários aspectos vivenciados ao longo desta ilustre aventura. Diferente dos outros quatro personagens que virão ao longo desta jornada, Jussiana abriu mão de tudo para servir a desconhecidos. Não faz apenas uma ou duas viagens missionárias por ano, passa 11 meses em Jacarezinho e apenas em dezembro pode retornar para casa. É uma história surpreendente, representando a cultura de uma missionária vivendo em comunidades ribeirinhas.

Jussiana é formada em Pedagogia, trabalha como professora e reside na comunidade de Jacarezinho. Trabalhar como professora em uma comunidade ribeirinha é bem diferente do comum, as classes não são divididas por séries. A missionária trabalha ao mesmo tempo com várias faixas etárias de alunos.

Durante toda a viagem, ela foi a responsável por conduzir todos os missionários. Era a primeira a levantar e a última a dormir. Simples com seu jeito de falar, mas com muita história para contar. O desejo de fazer missões e ser missionária despertou no coração de Jussiana quando ainda estava fazendo faculdade, por volta de 2003. No entanto, sem recursos financeiros para cursar o Centro de Treinamento Ministerial Diante do Trono (CTMDT), trabalhou alguns anos na Bahia (terra natal) para planejar e guardar dinheiro.

O CTMDT é como uma faculdade, os alunos estudam durante quatro anos e antes de se formar precisam fazer um estágio de oito meses em algum campo missionário. O sonho de Jussiana era de fazer o estágio em Guiné-Bissau, na África do Sul, mas acabou indo para o Amazonas. No início, apenas para se manter, recebia um salário de R$ 690,00 por mês. Durante o período do estágio prático, ainda era professora na Bahia, mas usou suas férias. Ao retornar após o estágio, teve uma escolha a fazer: retornar ao trabalho ou ir para o campo missionário. "Eu entendi como plano do Senhor que deveria ficar no Amazonas", conta.

No estado de Manaus, o custo de vida é muito alto, e no Amazonas, a falta de acesso dificulta ainda mais. Para abastecer o gerador de luz e ter água potável, é necessário ter combustível. Ir até a cidade para fazer compras mensais, consultar e pagar contas é feito somente uma vez ao mês.

"Como vou para a cidade de Manacapuru apenas uma vez ao mês, o que mais sinto falta é da minha família. O isolamento não permite aquele contato diário... mas eles sabem que me sinto realizada e feliz aqui".

O tempo de estágio foi árduo para a missionária. Após oito meses, decidiu mudar-se definitivamente para a comunidade de Jacarezinho. Vive lá de janeiro a novembro e somente no mês de dezembro pode voltar à sua terra natal. Após o estágio, Jussiana passou a ser mantida financeiramente pela Igreja Batista da Lagoinha de Belo Horizonte, que lhe oferece toda a estrutura da casa, plano de saúde e salário mensal. "No período do estágio, passei necessidades, porque tudo era por conta do aluno. Teve um episódio que quase causou a minha morte, sou alérgica a caba da noite, um tipo de vespa. Ela me 'ferrou' e após 5 minutos já estava toda inchada. Para me levar até a cidade mais próxima, o barco demoraria 8 horas e o voador, que é a lancha, não estava na comunidade. Foi um milagre de oração ter me salvado! Os meus lábios estavam inchando cada vez mais e ainda tinha dificuldades para respirar, foi a graça de Deus. Experimentei o que os ribeirinhos passam e já passaram muitas vezes aqui". À beira da morte e com complicações com a saúde, a missionária viveu na prática a dependência em Deus. Enquanto relata o caso, noto que se sente agradecida por Deus a ter salvado e também emocionada pelo ocorrido.

A orientação durante a viagem missionária era para que os missionários não aceitassem nenhum alimento dos ribeirinhos, pelo fato de estar contaminado pela água. No dia a dia de Jussiana, essa orientação não se aplica: "É normal aqui no Amazonas as pessoas terem vermes e piolhos... Eu já peguei. Não tem como evitar o contato com os ribeirinhos, é o meu trabalho, minha vida está aqui. A minha casa vive cheia de pessoas, as crianças é que mais chegam aqui para ouvir histórias...".

A missionária conta que, ao decidir fazer o estágio e morar no Amazonas, se preparou para uma realidade muito pior do que realmente é. O maior choque foi a falta de energia elétrica, não permitindo o uso de telefone e geladeira. Mas os valores que os ribeirinhos passam superam qualquer obstáculo vivenciado no dia a dia. A cultura ribeirinha é idealizada na sexualidade. Meninas com 11 anos saem de suas comunidades para morar com homens mais velhos em outro lugar, esse é o casamento dos ribeirinhos. Os primeiros casamentos no religioso e civil aconteceram com a chegada dos missionários.

"Isso me chocou! Para eles, casar dessa forma não era errado. Meninas de 12 anos estarem grávidas e não saber quem é o pai é normal também. Outra coisa que me chocou é comum haver traições. Os ribeirinhos ainda têm a cultura tribal, em que a irmã tem relações com o cunhado e assim por diante... O lado positivo dessa situação é o acolhimento. Todos os filhos são aceitos e respeitados normalmente, a mistura de laços é vista positivamente".

As experiências no Amazonas vão além de choques culturais. Como reside na comunidade de Jacarezinho, tem de conviver com os ribeirinhos, conversando e os visitando. Em certa ocasião, ao visitar uma família, Jussiana comeu sem saber tipos de carnes nada comuns...

"Comi três vezes enganada carne de macaco. O gosto é bom... semelhante à carne de gado e é bem temperada. Não tinha como eu recusar, cheguei na casa de uma família, mesmo sem saber o que era, tive que comer. Os ribeirinhos sempre compartilham e dividem o que têm, mesmo sendo pouco". Notei que, em algumas comunidades pelas quais passamos no fim do dia, os missionários voltavam com sacolas de farinha, cupuaçu e açaí, presente dos ribeirinhos como forma de agradecimento pelos atendimentos.

A forma de viver e de se higienizar dos missionários é comum. Além do gerador de luz da comunidade, possuem um gerador próprio, banheiro e chuveiro. Para os ribeirinhos, o banho é bem diferente: colocam no meio do rio uma balsa, que é um tablado de madeira. Este é o chuveiro deles.

Os brasileiros, em geral, são acostumados a comer pão no café da manhã, os ribeirinhos comem o chamado "fritinho de banana". A banana verde é ralada, misturada com farinha e frita. Esse é o pão e o bolo deles. Outros alimentos são as frutas, o açaí, o batoá e o tucumã (coco).

Jussiana conta que no dia a dia os ribeirinhos se comportam de maneira diferente de quando tem um grupo de missionários na comunidade. Os ribeirinhos entendem a diferença de cultura. "Com o calor excessivo nas comunidades, as mulheres ribeirinhas usam shorts e sutiã durante o dia. Para eles, não é visto como algo sensual".

VOCABULÁRIO RIBEIRINHO = EXPRESSÕES

Acho pouca água = isso é muita água

Acho é gato = chamando de feio

Recreio = barco de transporte

Tessado = facão para ir para o roçado

Curumim = menino

Cunhantanha = menina

Maceta = rapaz musculoso

Brocado = com fome

Cortinado = mosquiteiro

Voador/Voadeira = lancha com motor

Furo = desvio do rio

Peia = surrar

Mordida = com raiva

Marrento = bravo

BARUARÁ, FASHIONISTA

Acordamos às 6h30, fomos tomar café e fazer o devocional. Jussiana passou algumas orientações para melhorar o convívio entre os missionários do barco. Uma das questões é na hora de levar as roupas, não sei se é pela correria do trabalho, mas alguns missionários esquecem-se de pegar as suas roupas lavadas no cesto, que ficam amontoadas, ocupando espaço. Estamos convivendo em grupo, em nenhum dia lavei a minha roupa na máquina, preferi usar o tanque e pendurar, mas nem todos pensam dessa forma. E como lavar as roupas íntimas? A orientação era de que colocassem a roupa íntima dentro da fronha do travesseiro para depois jogar dentro da máquina de lavar. Uma solução útil, higiênica e menos constrangedora.

Agora já são 8h, e as mulheres ainda estão se arrumando. Entre elas, a convivência é um "empresta aqui, empresta ali". É interessante observar que até no meio da Amazônia, onde só se vê água, as missionárias não abrem mão de sua vaidade, cuidam de seus cabelos com secadores, chapinha, blush e rímel. Nessa hora, os homens já estão na comunidade, descarregando os equipamentos e medicamentos da clínica. A vida de missionário é de ralação, uma rotina corrida. No meio da Amazônia, em que só se veem árvores e água por todo o lado, a vaidade e a vontade de sentir-se bem ainda predominam. Mas o item principal do nécessaire é o óleo de Andiroba, pelo que ouvi aqui, esse óleo afasta os mosquitos. Como sou alérgica, passo tudo o que indicam para afastar carrapatos, pernilongos e mosquitos.

Mais um dia de trabalho está começando. Ao descer do barco, avisto quatro pessoas: duas mulheres lavando a louça, um homem mexendo no barco e outra criança brincando com o esqueleto de um pequeno peixe. Observo também alguns rostos tímidos, mas curiosos, olhando para fora das janelas em suas casas. A comunidade de Baruará tem a menor estrutura e também é a mais precária. O ar é mais quente e seco, o que fez alguns missionários amanhecerem com desidratação, náuseas, enjoo e queimação na boca do estômago.

Faltam quatro dias para os atendimentos acabarem e voltarmos para Manaus. Parece que passou rápido, mas viver na pele a vida de um missionário não é tão fácil. É no fim da tarde ou à noite que percebo que alguns missionários somem, se encostam à rede, calados, cada um no seu canto. Não é mais como no primeiro dia, em que todos ficavam juntos cantando e falando alto. Outros ficam no celular ou leem algo para distrair a mente. A saudade aqui tem um significado diferente para aqueles que nunca passaram por situações de risco ou de conhecer algo novo e distante.

Estou na Amazônia, mas é como se me sentisse em outro país, outro universo, a cultura aqui é tão particular e o modo de se conviver com o povo das águas é único. Parece que estou em uma aventura, em uma viagem transcultural, com missionários de diversas regiões. Sinto bem forte no meu coração que tanto os ribeirinhos com a sua extraordinária cultura quanto os missionários ainda têm muito a ensinar até o fim dessa viagem.

Amanheço com os mesmos sintomas dos missionários: início de desidratação. Para não correr o risco de isso me incomodar até o fim da viagem, fui até a farmácia e tomei cloridrato de metoclopramida, a queimação no meu estômago está aumentando, parece que mastiguei e engoli uma pimenta. Fiquei uma meia hora ali, sentada, e depois voltei para a triagem, conversei com um senhor ribeirinho e também segurei por um tempo um menino de cinco meses para que a sua mãe pudesse se consultar.

O nome do bebê é Hamilton, ele foi adotado. Olha-me com os olhos arregalados, está ameaçando chorar, deve estar só acostumado a ficar no colo da mãe. O espaço hoje é menor, sentei próximo a uma janela que dava pra ver a sala dos dentistas, balancei o bebê ao som da broca do dentista, talvez não tenha sido agradável para a criança.

O dia inteiro foi tenso para os missionários. Estamos na metade da viagem e agora que os problemas começam a surgir. O cansaço está batendo, a desidratação não está deixando ninguém em paz... Quando voltei para o barco, algumas missionárias estavam intercedendo. É um momento em que, em oração e clamor a Deus, os missionários depositam as suas angústias, temores e medos. Estamos em uma pequena comunidade, de tantas que existem na Amazônia. Espiritualmente, em Bararuá, o clima estava mais pesado. Era como se os missionários subissem 10 degraus e viesse uma onda para derrubá-los. A intercessão que as missionárias fizeram no barco era o pedido a Deus para que continuasse guiando a viagem, e que a missão de servir e de proclamar o evangelho aos ribeirinhos tivesse resultado.

Ao entardecer, os missionários desmontaram novamente os equipamentos e foram para o barco tomar banho e jantar. Depois foram ter mais um momento de comunhão com os ribeirinhos, o culto. Segundo eles, foi o culto do sobrenatural, em que os missionários puderam fortemente sentir a presença do Espírito Santo naquele lugar. Foi em um momento, na metade da viagem, em que os missionários estavam começando a ficar cansados fisicamente. Nesse culto, a missionária Karina cantou com alguns ribeirinhos da comunidade, o missionário Josué pregou a palavra e no fim do culto. Mércia, outra missionária, compartilhou uma reflexão da Bíblia, pois tinha passado a manhã inteira lendo e meditando. O culto acabou porque a luz apagou; os missionários se despediram e voltaram para o barco.

Amanhã vamos para a comunidade de São Sebastião, que é bem próxima de Bararuá. São Sebastião tem dois quesitos que as outras comunidades não têm: o recomeço de uma história e a presença de um cheiro bem peculiar. A comunidade tem um ar de esperança, de uma conquista que no passado foi roubada, mas que amanhã será resgatada. Para os missionários, é uma história que será guardada para sempre em seus corações, uma história de luta, saudade, mas que no fim rendeu a vitória. São Sebastião tem 18 famílias, a principal fonte de renda é a mandioca com o trabalho no roçado, o açaí e a banana. A comunidade está situada no entorno do Rio Manacapuru e a 280 quilômetros de Manaus.

Como Bararuá foi denominada a comunidade fashionista, vale expandir as experiências e conhecer a história de vida da missionária Mércia. Durante toda a viagem, ela fez parte do evangelismo, dos momentos de conversa com os ribeirinhos. Posso contar um segredinho? A bagagem de Mércia era a que mais tinha produtos de beleza, secador de cabelo e outros adereços. O "empresta aqui e empresta ali" era quase 100% das coisas dela.

Comentários à parte, desde o primeiro dia que a vi, pude perceber que o amor por missões permanece constante nela, tudo gira em torno deste assunto. Com uma bagagem de vida agitada, Mércia abriu mão de muita coisa para ser missionária. Ainda não pode fazer missões em tempo integral, mas é um desejo que a cada dia cresce mais forte em seu coração.

"EU MORRIA DE MEDO DE MISSÕES! ACHAVA QUE O POVO MORRIA DE FOME, PASSAVA NECESSIDADE"

— *Mércia Silveira*

A missionária Mércia Beatriz Silveira é empresária e mora em Belo Horizonte. Durante a viagem, sempre se mostrou disposta a ouvir e ajudar a todos. No trabalho realizado nas comunidades, dedicou-se ao setor do evangelismo para ouvir histórias e aconselhar os ribeirinhos.

Durante a entrevista, o gravador foi colocado mais perto da missionária, porque o barulho do gerador é alto e fica ligado o dia inteiro. Do contrário, o barco não funciona e também não temos energia.

Mércia aparenta ser aquele tipo de mulher que não tem medo de arriscar. Com opiniões fortes e bem definidas, durante toda a viagem deixa claro que seu chamado é o missionário. Ela é membra da Igreja Batista da Lagoinha e o desejo de fazer missões foi despertando em seu coração por meio de um Congresso de Missões. "Meu coração foi esquentando e, nesse momento, o pastor falou: aquelas pessoas que sentiram o seu coração aquecer durante a mensagem que fossem até a frente do púlpito e que ele iria fazer uma oração", destaca.

Desde que se converteu, sempre participou de ações com o Pr. Lucinho Barreto, realizando um trabalho grande e forte com os jovens. Sob a influência e o apoio dele, Mércia fez a sua primeira viagem missionária no Haiti. "Todas as vezes que as pessoas oram por mim, elas falam: seu chamado é missionário!".

A missionária não sabia como era fazer missões e imaginava diversas coisas em sua mente, mas foi no Haiti, quando viu a alegria e a recepção das pessoas com a chegada dos missionários, que se entregou por completo a missões. "Eu morria de medo de missões! Achava que o povo morria de fome, passava necessidade", relata.

Além das viagens missionárias, o coração de Mércia ainda estava em Belo Horizonte, tendo contas a pagar e questões a resolver. Mesmo assim, colocou-se à disposição para servir. Outro fator que a fez perceber a respeito do seu chamado missionário foi a sua conversão. Antes de se entregar por completo à fé cristã, não conseguia abrir mão de coisas ilícitas. Era de família católica e tinha a tradição de ir à Igreja, vivia na religiosidade, mas sem praticar os mandamentos da fé cristã. "Eu falava para Deus que não queria largar o mundo, que aquilo era bom demais!".

Em junho de 2013, Mércia ficou noiva (seu noivo não era cristão) e, em julho, participou de um congresso de Jovens, o "ConfraJovem", na Igreja Batista da Lagoinha. Foi a partir desse momento que a sua vida começou a mudar, no sentido de começar a aceitar o seu chamado missionário. "Naquele momento em que estava no 'Confra', Deus falou assim pra mim: a partir de hoje, a sua vida não é mais sua. A partir de hoje você não bebe e nem fuma".

Em outubro, com a caravana de missões do Pr. Lucinho Barreto, Mércia foi fazer a sua segunda viagem missionária, dessa vez para Israel. Ao abrir mão de seus desejos, algumas coisas não fluíam mais em sua vida. "Quando decidi seguir os passos de Jesus, minha vida travou. Eu tinha dois carros, não conseguia vender um, e pra mim aquilo era super fácil. Não conseguia vender mais nada, perguntei a Deus o porquê daquilo e a resposta de Deus foi: se eu liberar a sua vida financeira, você casa, e Eu não quero que você case. Termina o seu noivado!".

Segundo Mércia, Deus permitiu que ela tivesse tudo em sua vida. Ganhou muito dinheiro, sonegou imposto, mas casar Ele não permitiu. Porque, para a missionária, o casamento é uma decisão muito importante, e se casando com alguém que não tivesse o chamado missionário, teria que abrir mão daquilo que Deus havia determinado para sua vida. Enquanto Mércia fala, estamos sentadas no fundo do barco. Há duas janelas e a vista é o rio e árvores balançando levemente com o vento. Ao falar sobre missões, sua decisão e seu chamado, percebo o brilho em seus olhos, a empolgação. Mércia fala com as mãos ao explicar tudo o que sente.

Entrando no âmbito das dificuldades, Mércia conta que foi no Haiti que mais sofreu. O que mais a impactou foi ver aquele país em um estado crítico de miséria. "Nunca pensei que eu chegaria num lugar em que não tivesse água para beber. As crianças chegavam próximas à grade de proteção da ONG onde a gente estava e gritavam: água, água, água. Cara, uma criança não me pedia nada material, ela me pedia água".

Para Mércia, a água, que é algo comum para a maior parte dos brasileiros, era do que os haitianos mais necessitavam. Outro fator que a constrangeu durante a viagem foi a falta de esperança das pessoas que ali estavam, porque após o Terremoto, os haitianos viviam na varanda de suas casas, apenas vendo o tempo passar, sem forças para recomeçar a vida ou reconstruir o seu país. "O calor era de 50 graus. Quando entrei na casa de uma família haitiana, a mulher tinha uma panela e dentro dela colocou uma água suja para ferver em cima de gravetos no chão, porque não tem gás lá. Dentro da panela tinha uma folha de uma árvore qualquer. Perguntei: o que a senhora vai comer hoje? Ela respondeu: o que está ali dentro da panela. Aquilo me cortou o coração, foi um desespero pra mim. Naquele instante, Deus confortou o meu coração dizendo: quando as pessoas não têm o que comer, Eu consigo suprir as necessidades delas de fome por dias", relata.

Além dessa experiência de ir até a casa das pessoas, para Mércia, o banho também se tornou algo muito rápido, porque todas as vezes que bebe água também se lembra dos haitianos. Após a viagem e com as experiências que teve, passou a valorizar mais as pequenas coisas que a vida oferece. "Comer. Não como mais sem agradecer a Deus. A miséria que temos aqui no Brasil, com todos os fatores, é diferente daquilo que vivi no Haiti. O problema do Haiti não é o dinheiro, porque se você der dinheiro na mão deles, não vão saber o que fazer. O problema está em pessoas irem lá, ninguém quer ir".

Fazer missões também levou Mércia a pensar sobre o amor de Deus. E isso me fez refletir: Imagine todos os missionários, cada um com a sua história particular, deixando 15 dias de suas férias para se dedicar a essas pessoas desconhecidas morando no Amazonas. E em uma comunidade com tantas famílias, os missionários alcançam para Cristo apenas uma pessoa. "Deus tem me falado o tanto que Ele ama uma pessoa e que fazendo missões não é para eu me preocupar em conquistar multidões, uma vida vale muito para Ele", disse. Sugiro remover esse capítulo, e seguir para o próximo, já que estamos falando ainda do Haiti.

Como a viagem para o Haiti foi uma experiência dolorosa, pedi que Mércia comparasse essa viagem para o Amazonas com o Haiti. Sendo questionada sobre o assunto, a missionária conta que ambos têm falta de instrução. Os dois locais oferecem uma educação precária para as crianças. Outro fator é o desconhecimento que tantos os ribeirinhos quanto os haitianos têm da palavra de Deus. "A maior diferença entre eles é que os ribeirinhos não conseguem entender e compreender o quanto, segundo Mércia, são "abençoados". As comunidades ribeirinhas têm tudo ao seu dispor: água, peixe, farinha com a produção nas casas de farinha. E no Haiti falta tudo, e além de não ter comida, não ter água, eles ainda precisam conviver constantemente com a memória de ter perdido os seus familiares no terremoto".

Mas o que levou Mércia a sair da sua zona de conforto, abrir mão de suas vontades e desejos para fazer missões? "Identidade com Cristo. Jesus veio para amar as pessoas, Ele veio para o necessitado e da mesma forma que Ele agiu aqui na terra, eu quero fazer. O meu propósito é segui-lo. O que me faz abrir mão de mim para servir a outros é amor a Cristo. Gosto muito do versículo da Bíblia de Gálatas 2:20, que diz: 'Já não sou eu quem vive, mas Cristo vive em mim'. É isso que tento seguir", revela.

Mércia conta que durante anos teve tudo, mas era infeliz. E que a expressão "matar os seus sonhos para seguir os sonhos de Deus" não significa fazer um sacrifício. De acordo com Mércia, as pessoas que não acreditam em Deus não conseguem entender o pensamento de um cristão: "nosso prazer está em servir, em agradar a Deus e não agradar aos nossos desejos". Para os missionários, o sacrifício de abrir mão de várias coisas não é visto como algo doloroso, mas como parte do chamado deles. Sacrificam a vida e os desejos pessoais por amor ao outro, para alcançar o outro para a fé cristã.

Quando chegou no Amazonas, estava sedenta para ouvir o que Deus tinha para falar sobre a sua vida e também com revelações sobre o seu chamado missionário. "Quero sair com mais convicção de quão 'bão' (bem mineiro falando) é servir ao Senhor. Sinto-me tremendamente feliz aqui, como se estivesse no meu habitat. Nem da minha cama, mega confortável, tô sentindo falta!", afirma.

Mércia tem um convite para você, caro leitor: "Quer entender o amor? Vem e experimenta fazer missões. Porque sem estar aqui, as pessoas acabam julgando e imaginando coisas irreais. É impossível viver missões e continuar com o mesmo olhar sobre o mundo, continuar com as mesmas atitudes.

Somente por meio de Cristo que você consegue amar tanto uma vida, pessoas que você nunca viu".

O BARCO AMOR BEATRIZ

A 15 quilômetros por hora, percorrendo os rios até as comunidades ribeirinhas, não poderia deixar de fora a descrição a respeito do barco em que os missionários moraram durante 15 dias. No fim, o balanço, as noites mal dormidas por conta da rede e o frio do ar condicionado que saía dos 24 graus se tornaram coisas comuns, era como se já estivéssemos em casa.

O barco tem dois andares e mais um camarote, local em que dormem as pessoas idosas ou com dificuldades de subir escadas. Para entrar no barco, é necessário subir uma rampa longa de ferro que tem um corrimão no lado do rio. Na entrada, há quatro banheiros com chuveiro (nesta viagem, especificamente pelo fato de ter mais mulheres do que homens, três banheiros são femininos e apenas um é masculino).

Cada banheiro também tem uma janela. Já imaginou tomar banho avistando a linda paisagem do Rio Negro ou Solimões? Participar de uma experiência como esta é algo a se pensar seriamente. Como diz o ditado, "nem tudo são mil maravilhas", o barco tem cheiro de lodo, principalmente nos banheiros de cima (acredito que seja pelo fato de não ter ventilação). Isso mesmo, os dois banheiros do segundo andar não têm janela. Dessa forma, a porta permanece aberta o dia inteiro. Logo depois é o local no qual são realizadas as refeições (os tripulantes sentam no chão para comer ou em algumas cadeiras). No fundo do barco está a cozinha, local ao qual só o cozinheiro e o capitão do barco têm acesso. No canto direito, próximo à cozinha, é o camarote, que poderia ser chamado de suíte, já que tem uma cama de casal e um banheiro. Embaixo da cozinha tem um compartimento em que são guardados os alimentos e os galões de água mineral.

Para ter acesso ao segundo andar, é possível subir a escada próxima à cozinha ou pela entrada, onde tem uma escada de madeira. A escada próxima à cozinha é mais prática. Para fechar o segundo andar com o primeiro tem um tampão de ferro, em que à noite é abaixado para diminuir o barulho do gerador do barco.

O segundo andar é um espaço grande, o chão é de madeira e pintado de azul. Minha mala voltou para casa com a parte de trás da mesma cor do chão. Cabem 18 redes em cima e temos o conforto de quatro ventiladores e dois aparelhos de ar-condicionado, que, como falei no início da descrição, só funcionam em 24 graus. Saí do verão do Paraná para passar frio nas noites geladas do Amazonas.

Nas laterais do barco tem um varal de roupa com grampos disponíveis. Como somos em muitos, com o tempo fui entendendo que é melhor correr para ser o primeiro e conseguir grampos, do contrário, as roupas ficam apenas penduradas, correndo o risco de cair na água. Infelizmente, isso aconteceu durante a viagem!

Chegando ao corredor, próximos aos banheiros, em cada lado temos um filtro de água e um armário com 15 compartimentos. No chão nas laterais do barco ficam apenas as malas, o restante precisa ser guardado nas redes, bancos ou nos compartimentos, porque qualquer "balançada do barco" pode derrubar os objetos na água.

Algumas regras foram repassadas desde o início da viagem e devem ser cumpridas: as louças e as refeições ficam por conta do cozinheiro, ou seja, para não criar tumulto, não entramos na cozinha. Apenas como lembrete, citou-se que todos deveriam ter o senso comum ligado para não se esquecer de que as roupas íntimas, cada um deveria lavar o suas. O restante das roupas era recolhido durante o dia e lavado na máquina à noite. Só não podíamos esquecer de tirar as roupas secas do cesto. Também era preciso ter um chinelo para usar na comunidade e outro no barco, evitando trazer lama e sujeira para dentro. Por último e não menos importante, tudo o que for decidido precisa ser com o consentimento de todos os missionários.

A alimentação é outra regra que precisa ser seguida rigorosamente. Os missionários só podem comer a comida do barco. Não podem aceitar de membros das comunidades, porque a água e os alimentos ingeridos por eles geralmente estão contaminados. O nosso cozinheiro é bem habilidoso, prepara pão fresco todas as manhãs, almoço e jantar. Nos dias de folga, temos lanche da tarde e até sobremesa após o almoço. A regra da alimentação deve ser seguida rigorosamente, porque, no ano passado, um dos integrantes aceitou uma sobremesa de açaí de um membro da comunidade. Como não quero mudar os rumos da minha experiência, nada de me aventurar.

É importante, sim, respeitar essas regras, entre elas temos o alerta para os cuidados com a saúde, o indicado é tomar mais água do que o costume. Se o normal é ingerir dois litros, aqui temos que tomar quatro. Porque a desidratação pega o desprevenido sem que ele perceba. Aqui suamos muito e não liberamos tanto o excesso de água do corpo por meio da urina.

Um detalhe importante que fica mais como uma dica pessoal: opte por escovar os dentes no método antigo, pegando um copo de água do filtro. A água que sai pela torneira dos banheiros é filtrada do rio, não se compara à filtração da água para beber.

Outra regra colocada para os missionários é o relacionamento entre eles. O primeiro tópico ou regra, como quiser chamar, é de que os missionários são proibidos de flertar. Ou seja, o foco da viagem é o trabalho com os ribeirinhos. É importante socializar, mas sem excessos de intimidade. O que a missionária Jussiana repassava era a importância de fortalecer os laços entre os missionários em relação à amizade e não ao namoro.

Percebo outra questão. Antes de viajarmos, recebemos uma lista via e-mail daquilo que precisávamos levar, é importante seguir a lista e se imaginar no lugar para não faltar nada. Não tinha noção de quais roupas deveria levar para usar no Amazonas. As dicas que te dou se você quer ter a experiência de um missionário é: não leve roupas novas; se não tiver, compre uma galocha, ao meu estilo parece que não combina com nada, mas aqui, como os chinelos fazem andares e andares de lama, é o calçado essencial. Não venha para Manaus ou para a Amazônia pensando que é o calor sufocante o dia todo. No fim da tarde sempre chove. Em janeiro, ainda é tempo da chuva e faz frio. Sabe aquele moletom básico? Ele é essencial!

Quando se pensa em fazer uma viagem missionária, a primeira coisa que precisamos ter em mente é foco, porque obstáculos e dificuldades são os fatores que os missionários mais têm de enfrentar. Notei que agora que já estamos mais entrosados, cada um começa a respeitar o limite do outro. Como a missionária Jussiana instruiu, na hora de trabalhar nas comunidades, vamos colocar a "mão na massa", na hora de se divertir, podemos pular no rio e outras coisas mais.

SÃO SEBASTIÃO, O RECOMEÇO

Esta comunidade tem uma história particular. Após um ano de proibição, essa é a primeira vez que uma equipe missionária consegue ter acesso a ela. Os ribeirinhos da comunidade de São Sebastião depositam a sua fé no catolicismo, ou quase todos.

A história de luta, do recomeço, iniciou e terminou em São Sebastião. O caso aconteceu há um ano, quando um dos membros da comunidade foi expulso dali por deixar de seguir o catolicismo e se converter à fé cristã, evangélica. Ao ser expulso por causa da sua fé, também teve que deixar o seu lar, sua família e seus filhos. Durante um ano inteiro, o irmão Carlos, como é conhecido, teve que morar em outra comunidade, sem ao menos poder ver a sua família, sem poder sustentá-la e cuidar dela. Ele conta que foi um dos piores anos de sua vida, mas que não desistiu por conta de sua fé. Foi o primeiro ribeirinho daquela comunidade a se render ao cristianismo e que a partir dele e do seu testemunho de fé, sofrimento e saudade pôde evangelizar outros.

A entrada dos missionários é um marco na história de missões. Recentemente, ele conseguiu a aprovação para retornar à comunidade e morar com a sua família. Conversou com os chefes da comunidade e eles permitiram a entrada dele e a dos missionários para fazer o serviço de ação social e de evangelismo. Consegue se colocar no lugar do irmão Carlos? Mesmo não sendo missionário, teve que abrir mão de sua vida e família por um tempo, até que fosse novamente aceito pela comunidade, mesmo sendo cristão.

A Bíblia fala em Romanos 10:14-15, "Como, pois, invocarão aquele em que não creram? E como crerão naquele de quem não ouviram? E como ouvirão, senão há quem pregue? E como pregarão, se não forem enviados? Como está escrito: Quão formosos os pés dos que anunciam o evangelho de paz; dos que trazem alegres novas de boas coisas". Antes da chegada dos missionários na comunidade de São Sebastião, os ribeirinhos não haviam tido contato com a palavra de Deus. Assim como fala o versículo acima, como ouvirão se não há quem pregue? Este é o objetivo dos missionários, evangelizar e fazer com que o máximo de pessoas aceitem a Jesus, para que na ausência deles, o trabalho possa continuar. E foi o que aconteceu com o irmão Carlos: mesmo sendo expulso, manteve-se firme em sua fé, ele foi uma semente que frutificou e com o tempo pode gerar outros frutos na comunidade.

Eram 7h15 e ainda estávamos na comunidade de Bararuá. Até São Sebastião de barco dá uma meia hora, neste caso, não era necessário deslocar o barco à noite. O cheiro aqui em São Sebastião também é peculiar. Conhece a fruta cupuaçu? Ela tem esse cheiro, mas como se a fruta estivesse estragada. Acho que é o calor e o mormaço que fazem os odores aumentarem. Mesmo com esse cheiro tão particular, o clima está mais úmido, menos quente do que em Bararuá.

Hoje tenho uma nova missão: acompanhar os médicos na clínica. Os médicos são a dona Socorro, que é amazonense e há anos realiza trabalhos no campo missionário; e também o médico Marcelo, que está em sua primeira viagem missionária na Amazônia.

Entre um atendimento e outro, conversei com eles para entender quais são as principais enfermidades que os ribeirinhos apresentam nas consultas. As crianças têm problemas com vermes e lombalgia por conta da contaminação da água do rio ingerida. Os homens têm dores nas costas e nas mãos, pelo trabalho pesado na mata e no roçado. E as mulheres apresentam dores no útero e na bexiga. Isso é pelo fato de não terem como se cuidar da maneira adequada pós-parto e também por não terem a higiene necessária, como o banho. Os médicos fazem tudo o que podem pelos pacientes neste curto espaço de tempo. Em alguns casos, o diagnóstico levantado é superficial, mas orientam que assim que os ribeirinhos tenham acesso à cidade, que procurem um pronto-atendimento ou hospitais. Os medicamentos são oferecidos gratuitamente e oferecidos para tratar casos mais gerais.

Após os pacientes relatarem os seus sintomas aos médicos, os remédios indicados são aqueles que podem "curar" vários sintomas, porque não se sabe quando esse povo vai conseguir chegar à cidade para ter acesso a exames e às farmácias. São muitas pessoas para serem atendidas e poucos profissionais. Hoje, dois dentistas e auxiliares odontológicos, dois médicos e quatro enfermeiras estão atuando na área da saúde. Além disso, também temos advogados, professores, fisioterapeutas e outros profissionais a bordo do Amor Beatriz.

Durante os atendimentos, as crianças permanecem acanhadas e têm medo da presença dos médicos. A explicação disso está no isolamento, no afastamento da sociedade perante o caos e a falta de tudo. No consultório, é necessário controlar ainda mais as expressões faciais, assim como a Jussiana orientou desde o início. Sim, podemos nos compadecer desse povo, mas não os diminuir. São gente como a gente!

As consultas duram, em média, de 5 a 10 minutos por paciente. Em alguns casos, como uma mulher que chegou com quatro crianças, a consulta demorou um pouco mais. É muita gente para ser atendida e pouco tempo em cada lugar. Pouco para a necessidade que eles têm, talvez muito para a saudade que está batendo no coração dos missionários. Cá entre nós, as horas não passam aqui. Quinze minutos ou meia hora demoram uma eternidade para passar, acho que o relógio está se tornando um inimigo dos nossos dias.

Mesmo tímidos e acanhados, com algumas palavras trocadas, o sotaque dos ribeirinhos aparece. É uma mistura entre o sotaque nordestino e carioca, terminando com o "inho" do mineiro. Em alguns momentos, quando eles se empolgam para contar algo, é quase impossível de entendê-los.

Ah, e claro, não posso deixar de contar da "ilustre" visita que tivemos no consultório (a meu ver, não foi tão ilustre assim). Duas lagartixas pequenas, pretas e gosmentas. O pior não é vê-las, o pior é quando elas somem. Não sei se tenho paranoia, mas a primeira coisa que fiz foi olhar se elas não tinham entrado na minha mochila.

Agora são 9h35, os atendimentos se acalmaram um pouco. Não falei que as horas não passam? Bem, pode ser que à tarde esteja mais corrido, porque na parte da manhã os homens estão trabalhando no roçado e as mulheres ocupadas com o almoço, a casa e os filhos.

A relação ribeirinha entre homem e mulher ainda é bastante machista. Os homens saem para trabalhar e as mulheres ficam em casa, só que muitas vezes os homens ficam durante dias ou semanas na mata trabalhando. Pare e pense: como as mulheres ribeirinhas se alimentam sem ter geladeira para armazenar os alimentos? Aí está o problema, com os maridos fora de casa, são elas que (além de cuidar dos filhos) saem para o roçado, fazem a pesca diariamente e ainda trabalham na casa de farinha. A distância também é outro problema. Com o tempo que os homens ficam na mata, as mulheres que ficam na comunidade correm o risco de o marido não voltar mais para casa.

Montar e desmontar os equipamentos. Os atendimentos acontecem das 9h às 12h e das 14h às 17h. Infelizmente, o médico Marcelo está adoecendo, pegou um resfriado e está impossibilitado de atender. Até o 12h, a dona Socorro vai ficar sozinha, atendendo até o almoço.

Descemos para almoçar e, como estava chovendo muito forte, retornamos às 14h30. Para subir até as clínicas, tem um barranco com grama íngreme. Imagine só: choveu, e o barranco tem barro e grama lisa. Escuto meu chinelo fazendo: "schlap, schlap". Só espero não escutar o barulho do meu tombo até chegar lá em cima.

Agora à tarde continuo na clínica médica e eis que surge mais um problema. Por conta dos dias e das comunidades pelas quais já passamos, alguns medicamentos vão acabando. Então, antes de receitar, é preciso verificar se aquele medicamento ainda está disponível na farmácia. No último dia, em Jacarezinho, os remédios que sobram são deixados na comunidade, alguns ficam ali e outros são distribuídos para as sete comunidades pelas quais passamos.

Hoje desci para o barco mais cedo, às 16h, para fazer um lanche e tomar banho. Ufa! Um momento precioso de silêncio... Sentei-me na rede para anotar algumas informações e também ler a Bíblia – prática comum para aqueles que têm relação com a fé cristã. Depois de ler, fiquei um tempo na rede, observando a movimentação dos missionários.

Durante a noite haverá o primeiro culto evangélico na comunidade de São Sebastião. É um marco para a história! Infelizmente, por questões de saúde, vou ficar no barco e dormir mais cedo. Não me acostumei ao calor e à rotina, melhor descansar hoje para poder aguentar os próximos dias.

Amanhã chegamos à comunidade de Patoá (a 270 quilômetros de Manaus), que é dividida entre I e II. Não entendeu a divisão? Vou explicar! A comunidade é dividida entre Patoá I e Patoá II. Por questões religiosas: uma é formada por católicos e a outra, por evangélicos. A comunidade de Patoá I tem 34 famílias que vivem da agricultura e da pesca, e Patoá II tem 14 famílias que vivem da mandioca, açaí, banana e cará (que é do mesmo grupo da mandioca e do inhame, e tem a casca marrom escura, coberta com fibras finas como cabelo e a polpa é branca ou amarelada).

A comunidade de São Sebastião foi marcada pelo recomeço e pela abertura dos "portões" para o cristianismo. Algum tempo atrás, uma semente foi plantada ali, tornando o irmão Carlos conhecido por não negar a sua fé, tendo que se retirar da sua própria comunidade. Este senhor era como os outros, mas foi por meio de missionários que agora também conquistou a sua família e, com o passar do tempo, talvez a próxima vez que os missionários retornarem para a comunidade, outras pessoas também se tornem cristãs.

A história do irmão Carlos se parece com a do missionário Thiago. Ambos se mantiveram resistentes ao cristianismo, mas acabaram cedendo a serem praticantes. Thiago era contra e até debochava dos princípios cristãos, foi à Igreja por insistência de um amigo e dali nunca mais saiu.

Se pudesse descrever em uma palavra como é o Thiago, diria "alegria". Pois bem, é isso que desde o primeiro dia ele demonstrou a todos. Alegria para acordar cedo, trabalhar, servir aos outros mesmo estando cansado. Estava sempre disposto a ajudar e aproveitar ao máximo todas as oportunidades.

"SER MISSIONÁRIO É VOCÊ SER O TERCEIRO"

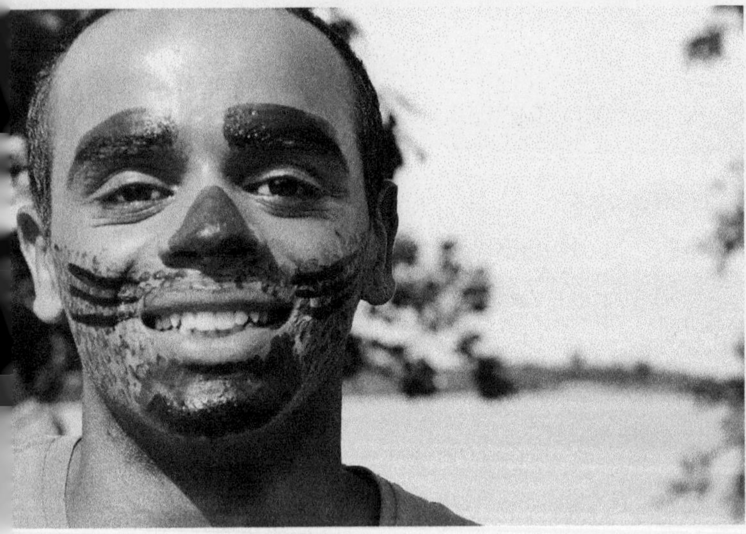

— *Thiago Pinto*

Thiago César de Souza Pinto é mineiro e caminhoneiro. Durante a viagem é um dos missionários que se mostrou mais animado. Estava disposto a ajudar, acordava cedo e estava sempre torcendo para que o dia não acabasse. Para ser missionário, Thiago destaca que é necessário ter a convicção de que foi chamado para aquilo.

O sonho é deixar de ser missionário em curto prazo para se fixar a algum lugar e fazer missão em tempo integral. Quando fez missão no Haiti, Thiago teve a confirmação do seu chamado. "Foi naquela nação maravilhosa que entendi qual era o meu chamado. Também foi a partir do Haiti que barreiras foram quebradas na minha vida, principalmente na questão material, ao desapego disso", retrata o jovem.

A conversão ao cristianismo aconteceu há dois anos. Thiago frequentava festas e boates. Um de seus amigos se converteu ao cristianismo e sempre o convidava e a resposta para ele era: "O mesmo Deus que está dentro da Igreja está lá em casa". Thiago sempre dava desculpas e colocava uma barreira para não precisar ir à Igreja. "Não gostava de cristão... falava mal dos evangélicos. Teve uma sexta-feira à noite que meu amigo me ligou e convidou para ir à Igreja. Depois de tanta persistência dele, no domingo fui com ele e no mesmo dia aceitei a Jesus. A partir daquele dia, as coisas foram se confirmando na minha vida. Como a minha profissão é de caminhoneiro, fazer missão acabou se tornando parte da minha vida". Como não era tão apegado a sua família, fazer missões e abrir mão do convívio com seus pais não foi tão difícil.

Assim como outros missionários, o Amazonas não foi a primeira experiência missionária de Thiago. Também já fez missão a curto prazo no Haiti e destaca que a dificuldade naquele país é a própria sociedade, porque o cheiro é muito forte e as ruas são muito sujas. Após ter se convertido ao cristianismo, a viagem para o Haiti foi um período de adaptação para Thiago e também o local em que Deus confirmou o chamado missionário.

Na Amazônia, Thiago já não estava mais como aprendiz e sim para servir. "No Amazonas, vim pra ser servo mesmo, o que pedirem eu faço. Eu nunca tinha trabalhado em missões com as crianças, elas abrem a nossa mente. Tenho a convicção de que o missionário precisa saber fazer várias coisas. Igual eu gosto de falar, o missionário tem que ser multiúso, não deve ser específico só para uma área, desde carregar malas, brincar com as crianças até dar uma palavra de conforto, esperança e ânimo. Mas, tudo com amor, é claro".

Ao comparar fazer missões no Haiti e na Amazônia, Thiago destaca que no Haiti, eles precisam de pessoas que sirvam como ponte para trazer missionários de outros locais e tentar desenvolver aquele país. "Porque não adianta entregar um milhão de reais para os haitianos, eles não têm estrutura para multiplicar esse valor e desenvolver o país em diversas áreas. Precisam de pessoas para levantar aquela nação, com visão empreendedora".

E no Amazonas a dificuldade não é tão grande comparada ao Haiti. Para Thiago, os ribeirinhos são amáveis e recebem todos os profissionais da melhor forma possível, de braços abertos. "Mas aqui realmente tem faltado isso, pessoas dispostas a servir, a trazer o amor de Jesus", ressalta.

Quando os missionários se dispõem a abrir mão de 15 dias de suas férias para servir a desconhecidos, alguns fatores de sua realidade em algum momento podem fazer falta. Mesmo o missionário Thiago, que se mostra sempre disposto a ajudar e com um enorme sorriso no rosto, tem suas saudades. "Sinto falta da minha família, pai, mãe e meu irmão, mesmo não sendo tão apegado assim. Ah, eu gosto muito de me produzir também, usar perfume e passar creme. E aqui, como é muito calor, não posso passar tanto. Sinto falta também do meu ferro de passar (risos)... gosto de andar arrumadinho e lá em casa quem passa minha roupa sou eu. Como aqui também não tem internet, sinto falta de dialogar com pessoas de quem sou muito próximo lá em Belo Horizonte", revela.

Ao retratar a realidade de Thiago, outra pergunta paira em minha mente e coloco em discussão ao missionário. Como é sair da zona de conforto para servir a desconhecidos? "O que me faz sair da zona de conforto é o inconformismo dentro da Igreja. Hoje em dia, dentro das Igrejas, têm pessoas só recebendo o alimento espiritual, não estão fazendo nada... só assentados nos bancos. Como a minha igreja é muito grande eu vejo isso, tem gente que recebe muito e transmite pouco. Isso corta meu coração, principalmente quando vejo as pessoas de dentro da Igreja que não se importam com o próximo. A palavra de Deus diz: 'ame ao próximo como a ti mesmo', ou seja, preciso amar o próximo na mesma medida que eu me amo". Thiago complementa dizendo que com o passar do tempo, a sociedade tem se tornado muito egoísta e que não é esse o princípio que Jesus ensinou. Porque poucas pessoas se dispõem a ajudar ao próximo, sem pensar no que vão receber em troca. Como cita o missionário, ajudar por amor, porque às vezes as pessoas só precisam de um abraço.

Entre todos os missionários do barco, apenas a Jussiana já abriu mão definitivamente de tudo para servir a uma comunidade ribeirinha, no campo missionário. E para Thiago, o tempo de abrir mão de tudo também vai chegar. "Sinto que em algum momento da minha vida vou precisar largar tudo e eu aceito isso. Tenho a convicção de que Deus me chamou para este ministério em tempo integral e no período que Ele irá proporcionar. Pode ser 15 anos ou três anos... Estou aberto pra fazer isso".

Para finalizar a nossa conversa, pedi que o Thiago definisse em poucas palavras o que é ser um missionário. Segundo ele, é: "se importar com as pessoas. Ser missionário é você ser o terceiro: primeiro vem Deus, segundo, as pessoas, e o terceiro (eu), o último. Ou seja, ser missionário é o próximo na frente".

PATOÁ, A COMUNIDADE DIVIDIDA

Ao acordar, noto uma grande movimentação no barco, os missionários acordaram mais cedo. O dia amanheceu com muita chuva e o ar está mais fresco. Depois do devocional em que a Jussiana leu a Bíblia e cantamos duas músicas, a meu pedido, ela abriu um espaço para que pudesse conversar com os missionários. O horário do devocional é o único no qual é possível reunir todos em um único local. Tenho algumas dúvidas e, como em um seminário que fazemos na faculdade, elenquei algumas perguntas, deixando livre para quem quisesse responder. Seguem as perguntas e respostas abaixo:

1. O que te levou a fazer uma viagem missionária?

R: Amor de Deus; Compartilhar o que tenho com os outros; Obediência ao Chamado; Inquietações Pessoais.

2. Das comunidades pelas quais já passamos, do que mais gostaram?

R: Pessoas; Receptividade.

3. Do que sentem falta: do conforto de casa ou da sua realidade?

R: Banheiro... também é algo de que sinto muita falta. Parece estranho, mas imagine tomar banho gelado por 15 dias? E a privacidade do banheiro da sua casa, sem comentários. Internet, mais especificamente o WhatsApp. Um dos missionários elencou que sentia muita falta de pizza e de comidas rápidas, como *fast-food*. Outros falaram do colchão. Aqui vai algo curioso que tem acontecido após o almoço, no horário de descanso: alguns missionários deitam no chão do barco para descansar. Dizem que é mais confortável que a rede... Eu até testei, mas entre o balanço da rede ou o chão duro, não sei o que é mais confortável. Estranho dizer que foi por último, mas também citaram a saudade da família. Sim, a falta de acesso ao mundo é o que mais choca os missionários, imagine como os ribeirinhos que aqui vivem se sentem. Esta pergunta gerou um grande alvoroço, todos queriam falar, acho que a saudade de casa já está apertando em todos.

4. Mais uma pergunta que gerou alvoroço: Quem largaria "tudo" e levaria a vida que a missionária Jussiana Dourado leva?

R: Dos 23 missionários, apenas 14 largariam tudo.

5. Defina em uma palavra o que é missão?

R: Perseverança, Compaixão, Servir, Obediência, Autossacrifício.

6. Defina em uma palavra o que é ser missionário.

R: Renúncia, Servir, Morte e vida; Viver a vida de Cristo.

A comunidade de Patoá é também conhecida pela presença constante do famoso carrapato, que entra na pele das pessoas. Do barco até a comunidade é sempre um desafio. A noite inteira choveu muito e novamente tínhamos um barranco inclinado que transformou a terra em lama. Para conseguirmos chegar até a clínica, o capitao amarrou uma corda entre uma árvore e o barco, para apoiarmos as mãos, como um corrimão de corda. Imagine carregar e descarregar os equipamentos e medicamentos do barco até a comunidade? Ser missionário não é uma tarefa fácil, eles são "multiúsos".

Em Patoá hoje, e amanhã em Passarinho, vamos passar apenas um dia. Por fim, em Jacarezinho, teremos um dia de trabalho e outro de descanso na comunidade. Além dos missionários que vão a campo todos os dias, no barco fica um grupo de três pessoas fazendo a intercessão pelo trabalho. Ou seja, fica um grupo de missionários orando para que tudo ocorra bem com o trabalho, que nenhum missionário se machuque e que, por meio do trabalho, vidas possam ser alcançadas para Cristo. Porque esta é a missão deles: evangelizar.

Hoje aconteceu algo inesperado em meu dia. Assim que chegamos na comunidade de Patoá, descobri que tinha um telefone de onde era possível ligar para a minha família. Nunca imaginei que uma ligação fosse tão valiosa. Lógico que não foi fácil, porque na primeira e nem na segunda e muito menos na terceira tentativa a ligação deu certo. O telefone era de uma moradora da comunidade e ficava dentro de uma casinha de madeira. Após várias tentativas, enfim consegui falar com os meus pais. A sensação é inexplicável. Sentada na porta da casa de madeira onde fica o telefone, olho para o alto e observo que a chuva está vindo. A casa é no meio de árvores gigantes, torço para que não chova enquanto estou no telefone. Depois de desligar, sinto-me renovada. Se durante a viagem fosse ao menos possível uma ligação por dia, tudo seria muito mais fácil. Chega de sonhos... Voltando à realidade!

À noite, todos os missionários ficaram no barco, o cansaço não está dando trégua. A rotina segue para o jantar, tomar banho e deitar para conversar na rede. Outros foram para um canto ler e dormir mais cedo. Mas é muito interessante ouvir as aventuras que os missionários já passaram. A maioria deles não está em sua primeira viagem missionária, já foram para outros estados brasileiros, como o sertão nordestino ou para países em que a realidade é crítica, como no Haiti.

O que eu já aprendi com esta viagem? Uma das palavras que não saem da minha mente é: dependência, viver na dependência de Cristo, Jesus. A proposta deste livro é de que viveria como missionária e tentar viver nessa dependência que, dia após dia, ouço falar. É um grande desafio!

Quando me refiro ao modo de vida dos missionários que vivem na completa dependência de Jesus, falo sobre eles não saberem como será o amanhã, não saberem se vão atingir as suas metas. Mas se estiverem firmes e dependentes de Jesus, o controle será d'Ele. É Ele que irá decidir e guiar o caminho no qual devem seguir. Creio que não foi à toa que Deus me trouxe até aqui. O tema para o meu TCC poderia ser bem mais fácil de ser aplicado, poderia relatar sobre missões na minha vizinhança, mas não, Ele quis a Amazônia. Não é algo fácil, a distância e a falta de contato é o que mais incomoda a todos.

Coloco-me no lugar dos missionários, acredito que é disso que sentem falta. Ouço também os missionários falarem sobre a falta de privacidade. Aqui, quando se está lendo algo, é praticamente impossível de ser em silêncio completo. Às vezes, nem mergulhar e viajar em pensamentos é possível.

Não sou uma pessoa ingrata, mas estou aprendendo a valorizar muito mais o que já tenho. Minha família, amigos, minha casa e minha cidade. São tantas coisas, mas sem elas não seria a Klarissa que se sente completa. Agradeço a Deus, meu coração encontra-se angustiado pela saudade, mas ao mesmo tempo o que sinto é gratidão por todas as experiências que estou tendo.

PASSARINHO, DORES POR TODO LADO

Nesta madrugada passei muito mal, perto das 2h comecei a ter uma forte crise de enxaqueca. Uma das missionárias que estava próxima à minha rede percebeu que estava passando mal e me deu um remédio. Enxaqueca é aquela dor tão forte que dá vontade de arrancar a cabeça.

Naquele instante de dor, clamei a Deus para que alguém acordasse e cuidasse de mim assim como minha mãe faria comigo. Sim, sou grandinha para cuidar de mim, mas a dor era muito forte. Alguns minutos depois, no meio de vários roncos e aquele breu total, uma das missionárias acordou e fez compressa de água quente. Ela também orou por mim. Mais uma vez, vi o agir de Deus sobre a minha vida. E se fosse algo mais sério? Ali no meio do nada, o que poderia ser feito? Por isso os missionários vivem na dependência de Deus, há momentos em que não há nada que se possa fazer, a não ser orar e clamar pelo poder de Jesus.

Logo de manhã, no devocional, quase todos os missionários estão passando mal com ânsia, náuseas e diarreia. A enxaqueca passou, mas estou tonta e com muita dor no estômago. As enfermeiras me levaram até a farmácia do barco, local em que tem um colchão. Fiquei a manhã inteira deitada lá, tomei soro biológico e a dor não passava. Não sei se estava delirando, mas chorava do nada e a saudade era uma dor que palpitava o coração. Passei mal até a hora do almoço.

Preciso ser sincera: não me acostumei com os alimentos e os temperos. Sinto falta de algo mais seco, como arroz ou macarrão sem muito molho e temperos fortes. Desde ontem sem me alimentar direito, a missionária Jussiana pediu que o cozinheiro fizesse algo sem molho pra mim: comi miojo temperado com sal. Ahhhhh.... foi a melhor sensação, meu estômago gritava por algo mais leve. Estou chegando ao meu limite, ao extremo do que posso aguentar.

Pela manhã, fiquei deitada na farmácia e não pude acompanhar o trabalho dos missionários. Para não ficar parada, quero ressaltar alguns pontos em relação ao choque cultural que estou vivenciando. A comunidade de Passarinho é uma das menores, tem aproximadamente 55 pessoas residindo nela e está a 260 quilômetros de Manaus.

Os missionários do barco são de Belo Horizonte e eu do Paraná, lá tinha a impressão de que quando estava com meus amigos falávamos muito alto, me enganei, os mineiros falam bem mais alto e alvoroçadamente.

Outro fator é a forma de viver dos ribeirinhos. Para aqueles que moram em cidades grandes ou estão em universidades e que estão acostumados com a correria e a competição no mercado de trabalho, a vida dos ribeirinhos é totalmente oposta a isso. Eles têm uma vida simples e pacata, vivem em busca do alimento diário, já que não têm geladeira para armazenar os alimentos. Qual é a visão deles a respeito da perspectiva de vida? Sobreviver ao isolamento.

Preste atenção nisso que vou falar agora: não são todas as pessoas que têm a vocação para o campo missionário, é preciso ter um chamado pra isso. Eu fico me perguntando: como os missionários chegam e abraçam as crianças e a todos sem ao menos conhecer? Como os médicos e dentistas atendem até cansados? E a rotina puxada, com apenas uma hora de almoço? Essa movimentação da comunidade para o barco e vice-versa? Essa alegria e disposição estão no coração daqueles que têm o chamado para o campo missionário.

A Bíblia destaca em Marcos 16:15: "Ide e pregai o evangelho a toda criatura". A ordenança não é de que você só pode pregar e propagar o evangelho se for missionário. O missionário é aquele que é levado a lugares distantes, de difícil acesso, a que poucos se dispõem a ir. Pregar a palavra de Deus a toda criatura está incumbido aos pastores, ministros e membros de igrejas.

A minha vida pode ser usada como exemplo. Sou cristã desde pequena e sempre atuei em ministérios dentro da Igreja, no entanto, meu chamado não é para o campo missionário. Jamais vou conseguir enxergar o mundo de um missionário da mesma forma que eles enxergam. Mesmo com essa experiência de 15 dias, não é possível entender como eles passam por cima de suas dores para servir. Tem uma música evangélica da Aline Barros que fala sobre isso:

"Eu quero ser usado da maneira que te agrade, em qualquer hora e em qualquer lugar. Eis aqui a minha vida. Usa-me, Senhor. Usa-me". A definição de missionários se encaixa neste trecho.

Quando me refiro ao fato de que é preciso ter um chamado é para que as pessoas não confundam isso como uma fuga. Isso mesmo! Existem pessoas que utilizam o campo missionário como fuga de seus problemas, de sua realidade. Muitos querem encontrar um local em que possam começar uma "nova vida" para esquecer-se de sua realidade. O chamado missionário é algo muito sério. Trata-se de cuidar de vidas e não pensar somente em si, em seu bem-estar. Ser missionário é abrir mão do seu próprio "eu", das suas vontades e necessidades.

Amanhã é o nosso último dia de trabalho. Vamos ficar dois dias em Jacarezinho (localizada a 250 quilômetros de Manaus), um para o trabalho e o outro para descanso. A comunidade tem 12 famílias, que também vivem da mandioca, o açaí e a banana. Há seis anos já existe uma Igreja Evangélica, fruto do trabalho dos missionários. A comunidade recebe tanto destaque porque é o local em que a missionária Jussiana Dourado reside e trabalha durante 11 meses do ano.

Antes de encerrar em Jacarezinho, conheça a história da missionária Gabriela. A comunidade de Passarinho foi o local em que os missionários mais sofreram com a sua saúde, mas que permaneceram firmes em sua fé e na esperança de que tudo daria certo. O mesmo aconteceu há um tempo com a missionária Gabriela, ela foi diagnosticada com tuberculose em estágio avançado. Passou por tratamento e diversos médicos, mas por meio de sua fé é que foi curada.

A partir da cura, Gabriela teve a convicção de que o seu chamado era missionário, de que deveria dedicar a sua vida a servir outros e que ser curada foi mais um exemplo dado por Deus de que Ele pode todas as coisas e de que não devemos temer nada. Os médicos estavam desenganados da cura da missionária, mas foi naquele momento em que estava entre a vida e a morte que compreendeu o que é viver na dependência de Deus. Desfrute das experiências de Gabriela e compreenda mais sobre o olhar do missionário, sobre o que é depender de Deus.

"A GENTE CONSEGUE SE REALIZAR NA FELICIDADE DO OUTRO"

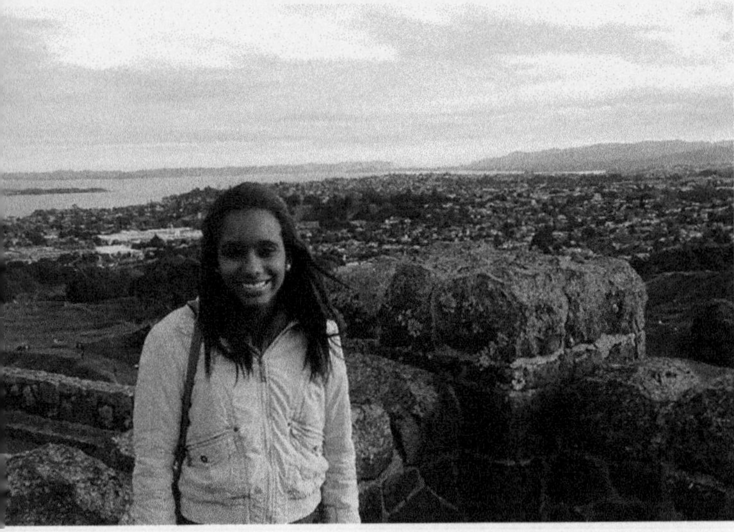

— *Gabriela Costa Chavez*

Próximo ao horário do almoço, quando os missionários ainda estavam voltando para o barco, sentei-me na rede com a missionária Gabriela para conhecer mais a respeito de suas experiências.

Com 19 anos, Gabriela Costa Chavez é a missionária mais jovem a bordo do Amor Beatriz. Teve o seu chamado missionário revelado aos 11 anos, quando a sua mãe teve um sonho em que ela viajava por diversos lugares e que seria missionária. "Quando ela me falou eu disse 'ok, né'..., eu tinha 11 anos, o que poderia falar?!".

Aos 13 anos, fez a sua primeira viagem missionária. A partir dali, nada a segurou. Já fez missão no interior de São Paulo e Minas Gerais, Bahia, Nova Zelândia e Amazonas. Gabriela conta que em todos os lugares que fez missão detalhes fizeram diferença em sua jornada, como no interior de São Paulo, em Ubatuba, que tinha muitos surfistas. Na Bahia, foi a cultura baiana e o sotaque, o jeito nordestino de falar. No Amazonas, é o rio, que é "super lindo", segundo ela. E para a Nova Zelândia, "o que me marcou foram as crianças com que trabalhei lá. É difícil esquecê-las, estando super traumatizadas e com frio", revela.

Gabriela tem pouca idade, mas muito tempo já vivido no campo missionário. Uma das experiências que mais mexeu com ela foi na Nova Zelândia. "A melhor experiência foi quando uma muçulmana se converteu ao cristianismo, foi super emocionante, radical a mudança dela", os olhos lacrimejam enquanto ela conta.

Nossa entrevista foi brevemente interrompida por um dos missionários que estava cantarolando alto no barco. Gabriela comenta: "Bem no meio da minha entrevista e você gritando? (risos)". Com o passar dos dias, mesmo sem se conhecer, os missionários criam laços de amizade e interação.

Há um ano, Gabriela adoeceu com sintomas de tuberculose. Quando os médicos descobriram, o caso já estava bem avançado. "Fiz o tratamento só por desencargo de consciência. Pra você ter uma ideia, o resultado dos exames saíram cinco meses depois que havia feito". Com a experiência que Deus proporcionou para a sua vida, de fé e cura, Gabriela aprendeu a confiar mais em Deus. "Aprendi o valor da vida, porque às vezes a gente fica assim: Ah...vivo normal, sem pensar em nada. Mas quando se está naquela linhazinha entre a vida e a morte, você entende o quanto é valiosa a sua vida", desabafa.

Mesmo com tantas experiências missionárias já vivenciadas, até mesmo fora do país, a missionária conta que sente falta de comidas estilo *fast-food* como pizza, ela comenta brincando. Falando sério, assim que ela retoma a conversa, Gabriela disse que sente falta da família e daquele "temperinho" de casa.

Na viagem missionária para o Amazonas, os missionários se alimentavam somente do que era servido no barco, mas não foi esta a realidade que Gabriela encontrou em todos os lugares, pois já comeu alimentos bem exóticos. "Na Nova Zelândia, comi o hangi maori, é uma comida que eles enterram. A carne de sol aqui no Brasil fica exposta, cheia de moscas...lá eles temperam a carne e enterram, fazem isso com batata e outras coisas. Aí depois eles desenterram e a gente come, é uma comida podre basicamente. Mas é muito gostoso! Eu não sabia que era enterrado, se soubesse nunca teria comido *(risos)*".

Aqueles que observam de fora, muitas vezes, não conseguem enxergar o olhar do missionário para o trabalho missionário. Nem convivendo 15 dias com eles pude ter todas as respostas e observar a realidade à nossa volta sob a visão deles. Gabriela conta que fazer missões é se realizar na felicidade do outro. "É uma coisa bem complexa de se entender para quem não tem o mesmo chamado, não pensa da mesma maneira, mas é a mesma coisa quando você faz uma boa ação. Tem uma idosa na rua, carregando tantas sacolas e você vai e ajuda, você se sente assim: nossa, eu fui útil", destaca a jovem.

Além de ter alegria em ajudar o próximo, Gabriela destaca que ser missionária é abrir mão de tudo. "Abrir mão das coisas que a gente acha que quer! O que eu, como missionária, quero é abrir mão de tudo, casa e família para viver o chamado".

JACAREZINHO, ENCERRANDO A JORNADA

Posso ser sincera? Estou enjoada do cheiro do barco, tem cheiro de diesel misturado com temperos fortes. Estou enjoada de acordar e dormir vendo árvores e água para todo o lado. Estou enjoada de "tomar banho" de óleo de andiroba e repelente. Quero a minha privacidade e o meu silêncio de volta.

Durante alguns dias, me privei de algumas coisas, simplesmente porque travei. Não é fácil admitir isso, mas não estava conseguindo acompanhar o ritmo dos missionários, com todo o trabalho do dia inteiro. No fim, eles sempre se parecem incansáveis. Um exemplo é o missionário Thiago, acorda e vai dormir sorrindo. Está sempre pronto a ajudar, tanto nas comunidades como no barco. Teve também a paciência de me ensinar a amarrar o nó para pendurar a rede. Todos estão sempre com a alegria no rosto, esperando que os dias não passem rápido, para a viagem não acabar. Pra mim, alguns dias foram um tédio, as horas não passavam, a água do chuveiro parece que gruda e não limpa, e a comida não desce mais. Cheguei a trocar uma refeição por bolacha integral.

Os missionários falam dia e noite sobre missões, não existe outro assunto para eles. Trocam experiências e contam pelo que cada um já passou. Mesmo sendo cristã e estando em uma viagem missionária, não consigo dormir e acordar falando de missões.

Infelizmente, amanheci passando mal. Fui um pouco até a comunidade, a paisagem é deslumbrante, parece com um mar sem fim, uma brisa suave paira sobre o ombro. Dá pra respirar fundo e sair renovado. A vontade de desbravar a comunidade era grande, mas meu corpo não estava mais me ajudando. Voltei para o barco e fui deitar na farmácia, dormi e acordei às 11h30. Próximo às 12h30, o almoço foi servido, novamente comi miojo (macarrão instantâneo). Só que hoje, se dei 10 garfadas, foi muito.

Sinto-me fraca, muito fraca. Desci até a cozinha para levar o prato, o cozinheiro perguntou se não queria que preparasse outra coisa. Ele percebeu quão aflita eu estava e disse que não é a primeira vez que vê pessoas passando mal em viagens missionárias. Ele disse que a saudade é inimiga dos missionários, fazendo com que não consigam trabalhar e nem comer. É muito bom conversar com pessoas mais experientes, me fez sentir menos fresca. Antes de subir à farmácia para deitar, ele ofereceu maçã, comi aquilo como se fosse um banquete, meu estômago fez festa. No Sul, somos mais acostumados a comer frutas mais leves como maçã e não cupuaçu, que tem o cheiro forte. Comi e voltei para a farmácia. Fiquei deitada até as 14h30, quando a queimação no estômago diminuiu, foi então que decidi ir novamente até a comunidade.

Jacarezinho é muito conhecida entre os missionários, pelo fato de ser a moradia da missionária Jussiana Dourado. Ainda assim, ela é menor que Dominguinhos, onde também ficamos dois dias. Aqui tem uma casa em que as mulheres da comunidade vendem artesanato para ter uma renda a mais. Aproveitei e comprei algumas lembranças.

Depois, acompanhei e participei do trabalho dos missionários com as crianças. O local escolhido em Jacarezinho foi a varanda da casa da Jussiana. Os missionários cantam e dançam músicas no sentido evangelístico, mas também músicas para fazer com que as crianças se movimentem, como a do "Ploc". É feita uma roda para que os missionários e as crianças tenham uma aproximação maior. Ensinam-lhes também métodos de escovação e ganham um kit com pasta e escova de dente. Após a escovação, todas as crianças sentam no chão para ouvir histórias com fantoches e, no final, antes de se despedirem, é feito o lanche, com entrega de bolachas, salgadinhos e balas, o que não é comum nas comunidades.

Quando as atividades acabaram, fomos próximo à farmácia e sentamos em um banco embaixo de uma árvore. Eis que surge um macaquinho de aproximadamente um ano de idade. O nome dele é Chico, perdeu a sua mãe quando ainda era bem pequeno, ela foi morta por caçadores que queriam se alimentar. Foi então que um dos moradores da comunidade o adotou como bichinho de estimação, um pouco arisco e nada fotogênico... Ah, mas tinha uma palavra que ele falava perfeitamente a todos: "não". Chico não saía de perto do colo ou pescoço de seu dono, nem oferecendo comida ele chegava perto.

Apesar de ter passado mal de manhã, o dia de hoje andou mais rápido. Desci para o barco às 16h30, fui tomar banho. Não aguento mais tomar banho gelado, meu cabelo está parecendo uma espiga de milho de tão seco. Amanhã foi definido que será o dia de descanso aqui na comunidade e, ao anoitecer, levantamos a âncora e voltamos para Manaus.

Último dia à beira do rio... A rotina de hoje é diferente, não tivemos o devocional de manhã. Como era o dia de folga, tirando as refeições, estávamos livres para fazer o que quiséssemos. No Amazonas, como o fuso horário é diferente, o dia clareia mais cedo. No meu relógio biológico parecia ser umas 9h, mas na verdade eram 7h30. Na mente de todos os missionários, acordaríamos mais tarde, mas às 7h já havia movimentação no barco.

A cultura é totalmente diferente, mesmo na companhia dos missionários. Levo daqui uma bagagem cultural muito grande, minhas reflexões sobre o mundo, sobre o jeito diferente de outras pessoas se comportarem. Devia, sim, ter me preparado melhor psicologicamente, mas estou na Amazônia, nunca imaginaria pelo que poderia passar. Ainda bem que não precisei comer nenhum tipo de carne estranha...

Alguns missionários, uns 10, mais ou menos, participaram do passeio na floresta, o restante preferiu ficar descansando no barco. Optei por não me expor ao sol e ao calor. Faz quase uma semana que não consigo me alimentar direito. No barco, me juntei no chão com as missionárias e ficamos jogando cartas, o bom é que as horas passam mais rápido.

Cá entre nós, acredito que os missionários não concordariam, mas esse último dia de folga poderia ser a volta, não acha?! Novamente, não almocei, meu estômago está melhor, mas não sinto fome.

Sabe qual o desejo do meu coração hoje? Que as horas passem voando, tão rápido como um jato, que chegue logo o momento em que ouço o ronco do barco se preparando para voltar para casa. Cheguei ao extremo, em todos os sentidos, nem rir de piadas eu consigo. Viver a vida de um missionário poderia ter parado no décimo dia, realmente cheguei no limite.

À tarde, alguns missionários foram nadar no rio e outros ficaram sentados, ou melhor dizendo, amontoados em três ou quatro redes conversando. Contaram experiências de outras viagens missionárias, alguns já foram pro Haiti, outros para Guiné-Bissau, na África do Sul, e assim por diante. Outros também fizeram a sua primeira viagem missionária. É interessante perceber que aqueles que estão em sua primeira vez, durante todo o tempo da viagem, tiveram as mesmas sensações. Claro, cada indivíduo reage de algum jeito, se isolando, fingindo que está tudo bem ou repassando as emoções para o corpo, o que foi o meu caso. Contagem regressiva para tomar banho quentinho...

Conversamos a tarde inteira, rimos e nos divertimos. Por volta das 18h, desci para tomar banho. Olhei para fora da janela, mesmo com a saudade de casa e da minha realidade, sei que também vou sentir falta do que vivi no Amazonas. Não sei se seria o caso de algum dia voltar para fazer outra viagem missionária, mas foi uma experiência única e diferente na minha vida.

Às 18h30, o motor do barco ligou para sinalizar a saída. Meu coração quase saltou pela boca, foi nítido. Estava sentada em uma das redes e, quando ouvi, minha fisionomia mudou no mesmo instante. Existe um ditado alemão que fala: "Se você não tivesse orelha, o seu sorriso daria a volta na sua cabeça". Foi exatamente isso que aconteceu comigo. Até todos voltarem, saímos de Jacarezinho às 19h40. A linda paisagem no céu, mesclada entre amarelo e alaranjado, já havia desaparecido. Como o rio é escuro, olhava para fora e não via mais nada, a não ser as luzes das casas. Percebo que mesmo amando o trabalho, voltar para casa deixou os missionários alvoroçados, só escuto uma grande falação no barco. Conversa vem e conversa vai, mas chega a hora de dormir, amanhã teremos o sinal das operadoras de volta. Grande expectativa!

A comunidade de Jacarezinho foi a última da nossa rota missionária, o próximo destino é a marina em Manaus, e levaremos 24h de barco até lá, a 15 quilômetros por hora. Jacarezinho é a comunidade que deixou todos os missionários nostálgicos e sem vontade de ir embora. Assim como o missionário Josué – o desejo dele é de que a viagem não acabasse e que o relógio estacionasse, ama missões e tem o desejo de viver em função disso. Para Josué, as comunidades ribeirinhas são como o seu lar.

"MORAR EM UMA COMUNIDADE RIBEIRINHA É ESTAR NA MINHA ZONA DE CONFORTO"

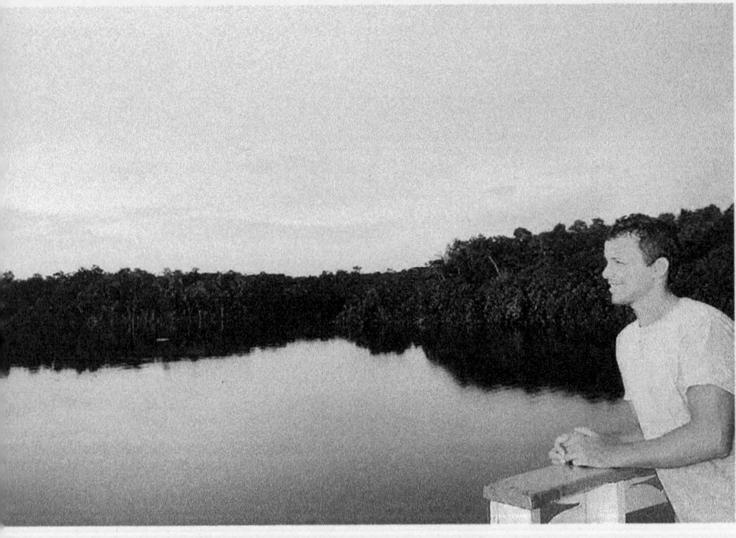

— *Josué Amorim*

Josué Amorim Melão é formado em Direito, atua na área de direito trabalhista e no Sindicato de Engenheiros. Como ainda atua em sua profissão, o período de suas férias é dedicado para fazer missões de curto prazo. Josué conta que o sonho de sua vida é dedicar-se por completo, ser missionário em tempo integral. Até chegar esse momento, está aproveitando para se especializar e se preparar para abrir mão de sua vida, trabalho e família.

A entrevista com Josué foi diferente, sem muito formalismo. Eu estava sentada em uma rede e ele esparramado em outra. Foi em um momento em que todos estavam de folga, porque durante o dia era quase impossível conseguir conversar com ele.

Josué é um jovem rapaz, alto e de cabelos escuros. Foi ele que recepcionou a maioria dos missionários no aeroporto. Logo que cheguei e o vi, percebi que havia algo de diferente. Mostrava-se ansioso e sempre com um sorriso no rosto. Foi o missionário que menos passou mal, começou a desidratar quando estávamos saindo de Jacarezinho, a caminho da marina em Manaus. Quando perguntei se estava ansioso para voltar para casa, a resposta foi "não". Josué conta que faz viagens missionárias para a Amazônia ao menos duas vezes ao ano, e que a maior tristeza é voltar para a sua realidade. O desejo dele é de que as horas ali não passem.

No decorrer da viagem, notei que é um dos missionários mais ativos e que demonstra mais amor pelo que está fazendo. Josué está em sua terceira viagem missionária para as comunidades ribeirinhas e, ano após ano, diz sentir-se incansável. Além da Amazônia, também fez uma viagem para Angola, na África do Sul.

Para Josué, o desejo de fazer missão despertou em seu coração quando ainda era adolescente, em um Congresso de Missões. Quando entrou para a faculdade de Direito, acabou se desviando dos caminhos de Deus e da fé cristã, e com isso distanciou-se do seu chamado missionário. No fim de 2013, Josué sentiu em seu interior um vazio, mas vazio de amor pelas almas. "Comecei a pensar em quantas almas estavam se perdendo e o quanto eu estava vazio de interesse e de amor por pessoas". Josué orou e pediu para que Deus o incomodasse toda vez que visse uma pessoa perdida na rua para que conseguisse ajudar.

Em 2013, muita coisa mudou na vida de Josué. Ele conta que quando voltou para Belo Horizonte (após uma viagem missionária), algumas coisas perderam o seu valor. "Nem ganhar todo o dinheiro lá em BH fazia mais sentido. Não sei explicar... o que me faz feliz é estar aqui no Amazonas. Eu olho para missões não como se fosse sofrer, sempre fico ansioso para chegar o momento da viagem, porque me sinto completo".

Após as viagens para o Amazonas, Josué compreendeu na prática o que é fazer missões, o que é servir. "Missão, pra mim, é eu me encontrar em Deus. Não é um sacrifício na minha vida, é um privilégio abrir mão das minhas coisas para servir".

Josué fez viagens em curto prazo três vezes para o Amazonas e uma vez para Angola. Pedi que fizesse uma comparação entre a realidade de ambos os lugares. Segundo ele, na Angola o que falta é a estrutura urbana. "A imagem mais chocante que eu lembro foi no primeiro dia em que eu estava lá: fui a uma Igreja que tinha uma estrutura muito pobre, muito mais do que no Amazonas. E quando olhei para fora, tinha umas crianças bebendo a água de um esgoto, mas aquela água grossa de esgoto, sabe?!". E no Amazonas a realidade, mesmo com o isolamento da sociedade, não é tão crítica quanto na Angola.

"No Amazonas, os ribeirinhos têm a falta de educação básica, saneamento, energia. Mas, por outro lado, eles têm uma qualidade de vida muito grande em relação à subsistência, alimentos como o peixe", relata. Além disso, conta que os ribeirinhos são humildes e gostam de agradar e conversar com os missionários, mesmo que às vezes a vergonha não permita que se acheguem mais.

Ao ser perguntado sobre o que mais sente falta da sua realidade, teve dificuldade para responder, porque se sente em casa no Amazonas. Mas uma das coisas é a falta de acesso à informação, dos sites de notícias, para saber o que está acontecendo no mundo.

Quando questionado sobre largar tudo para ser missionário em tempo integral, Josué não hesita em responder: "Esse é o meu sonho. Morar em uma comunidade ribeirinha é estar na minha zona de conforto".

Durante toda a viagem, Josué trabalhou como auxiliar na clínica odontológica. Nas viagens anteriores, como havia um número menor de missionários, ele se dispôs a ajudar na clínica e a aprender o que fosse necessário para ser auxiliar. Entre os períodos de intervalos na clínica, também fez parte do evangelismo. E, não deixando a sua profissão de lado, auxiliou no processo de instrução, esclarecendo as dúvidas de algumas famílias ribeirinhas em relação a causas e processos judiciais.

A FESTA

Estou dormindo profundamente, e de repente, às 00h50, sinto minha rede chacoalhar. Uma das missionárias corre pelo barco inteiro gritando, "O WhatsApp voltou, temos sinal!".

Diferente do restante da viagem, em que meu celular permaneceu desligado e guardado dentro do armário, essa noite dormi com ele do meu lado. Todos estavam dormindo, mas quando o sinal voltou, começou uma gritaria e alvoroço. Era missionário para todos os lados: ligando para pai, mãe, irmão, marido, namorado. Foi uma cena indescritível! Como ainda não havíamos chegado a Manacapuru, local em que o sinal permanece fixo, ficava oscilando.

Acordei cedo, porque a movimentação estava grande no barco. Era competição de quem conseguia pegar tomada, porque a bateria do celular descarrega muito rápido. Ainda estando entre os missionários, a tecnologia tem um ponto negativo: cada um ficou em seu mundinho conversando com seus entes e fazendo ligações. Acredito que se tivéssemos acesso à comunicação nas comunidades, não teríamos conversado e nos conhecido tanto. Trocamos grandes experiências. Fiz amizades que levarei para a minha vida.

Hoje vamos chegar ao hangar da base de Asas de Socorro para deixar as mantas e os travesseiros emprestados. A missionária Jussiana também precisa entregar os relatórios da viagem e dos atendimentos médicos e odontológicos que foram feitos, com os dados do cadastramento da triagem das sete comunidades ribeirinhas.

Desde que saímos de Jacarezinho, até a marina em Manaus, ficamos 24h a bordo do Amor Beatriz. Tivemos um problema enquanto estávamos voltando: a água mineral havia acabado no barco. Resultado: ficamos o dia inteiro sem tomar nada, tinha um pouco de água dentro da minha garrafinha, mas não durou o dia inteiro. Restou a água que é filtrada do rio, mas ninguém se encorajou a tomar. A única solução foi matar a sede com chicletes e balas. Ninguém passou mal, mas é agoniante olhar para fora, só ver água e não ter para beber.

CHEGANDO EM CASA

Antes de voltar para casa, ficamos um dia e meio na marina em Manaus. Voltando de Jacarezinho, fomos para o Shopping de Manaus. Foi uma noite agradável! Pudemos matar a saudade de alimentos estilo fast-food, lojas e compras. Amanhã, logo ao acordar, faremos um tour por locais turísticos de Manaus.

Conhecemos uma tribo indígena, que fez a apresentação de uma dança típica, alguns nadaram com os botos (não foi o meu caso, sério, são animais muito grandes). Para poder ficar ao lado dos botos, não podia tocar em sua calda e nem na cabeça, caso contrário, eles se tornam agressivos, pois se sentem ameaçados. Almoçamos em um restaurante flutuante no meio do Amazonas. No mesmo local, tinha uma trilha para conhecer a vitória-régia. Infelizmente, o mês de janeiro não é o mais indicado para isso, porque elas estão pequenas e sem aquela beleza vista em filmes.

No caminho da trilha, em meio a árvores nativas, tínhamos a companhia de pequenos macaquinhos. Era preciso cuidar com comida, senão eles avançavam mesmo.

Saímos de lá e fomos tirar fotos com animais típicos do Amazonas: bicho preguiça, jacaré e jiboia. O meu limite foi até o jacaré; jiboia já era demais, mesmo que ela estivesse devidamente amarrada. Antes de voltar para a marina, fomos até o local de encontro dos Rios Solimões e Negro. É maravilhoso conhecer! A diferença no tom da água é visível, mas elas também têm diferenças de temperaturas.

Voltamos para o barco quando já estava entardecendo. Tomamos banho, arrumamos a mala e esperamos a hora para ir ao aeroporto. A ansiedade já estava dominando a todos. Arrumei a mala, quase tive que me sentar em cima dela para conseguir colocar tudo dentro. Depois fui para a rede esperar dar a hora de sair do Amor Beatriz, entrar em outro barco saindo da marina até chegar a terra firme, para pegar a van e ir para o aeroporto. As horas não passavam, mas foi o momento em que usei para fazer uma retrospectiva da viagem.

Chegando ao aeroporto, quase todos os missionários estavam na mesma companhia aérea e tinham o mesmo horário de voo. Minha vontade era de fazer logo o check-in, entrar na sala de embarque e entrar no avião. O meu voo não foi direto até Curitiba. Tive que sair de Manaus até Belo Horizonte, ali fiz conexão com São Paulo. Do aeroporto de Guarulhos segui até Brasília e por fim, o destino final, Curitiba.

Estava feliz por ter cumprido meus objetivos, mas também muito cansada. Saindo do voo de Belo Horizonte para fazer conexão, a maior parte dos missionários estava naquele voo. Despedimo-nos e me recordo de que o Thiago gritou: "Até o ano que vem, Klarissa". Saí rindo, acho que não vai ter ano que vem.

Ao embarcar no voo com destino a Curitiba, notei a diferença de sotaque, havia muitos curitibanos ou paranaenses naquele voo. Cheguei por volta de 12h, ansiosa para ver meus familiares. Saindo da sala de desembarque, já senti que estava de volta à fria Curitiba, quase chegando em casa.

Ah! Dei aquele abraço em meus pais... Não há dinheiro que pague o sentimento da volta, de estar em casa, de estar com quem amamos.

Quando cheguei, a primeira coisa que fiz foi deitar na minha cama. Que momento precioso! O banho com chuveiro quente parecia novidade para mim, não tinha a linda paisagem do Amazonas pela janela, mas estava de volta ao meu lar.

Amazônia foi um sonho que realizei. Um sonho que nasceu dentro de uma sala de aula na faculdade, e que foi utilizado para o meu TCC. Mas Amazônia foi muito além, um aprendizado, momento em que pude me conhecer interiormente. Conhecer e aprender a lidar com os meus limites. Cheguei ao extremo do que o meu corpo podia suportar. A Amazônia é um lugar completamente diferente, quase impossível de se imaginar sem estar lá, mas é único e com uma vasta cultura. Uma cultura que, em alguns instantes, me chocou, mas pela qual me apaixonei.

Agora, sempre que vejo algo falando sobre Amazônia, corro para olhar. O povo ribeirinho é receptivo e sempre tenta agradar, oferecer o seu melhor. A sociedade em si tem muito a aprender com eles: vivem distante dessa nossa rotina, mas criaram a sua própria para sobreviver. E o que dizer dos missionários, daqueles que abrem mão do seu eu para servir ao próximo? Mesmo fadigados, acordavam a cada manhã mais dispostos para trabalhar. E o que os levava a tanto sacrifício? Lembra da missionária Karina, que teve a sua festa de aniversário no iate? Como passar o aniversário longe de quem se ama? Como eles se prepararam para abrir mão de suas férias, de sua realidade para passar 15 dias na Amazônia? Dormir em rede, tomar banho com água gelada, falta de privacidade e inúmeras dificuldades não os fizeram desistir.

Com os relatórios da Jussiana, no fim, os missionários fizeram 294 atendimentos médicos, 298 procedimentos odontológicos, mais de 250 ribeirinhos participaram de palestras e dezenas de crianças brincaram com os missionários e ouviram histórias bíblicas.

Viver como missionária foi um grande desafio para a minha vida. Lembranças e histórias que vou guardar para sempre em meu coração. Em alguns momentos da viagem, a ansiedade pode ter atrapalhado a minha visão sobre os fatos ou sobre a própria cultura dos ribeirinhos. Observar e analisar de longe o que vivi me faz perceber o quão rica é a história de vida do povo das águas e dos próprios missionários. Assim como Josué, Mércia, Jussiana, Thiago e Gabriela, muitos outros no Brasil e pelo mundo afora sacrificam as suas vidas por amor ao próximo, pelo prazer em fazer o bem sem ver a quem.

Tendo chamado missionário ou não, fazer uma viagem missionária é inexplicável, aquela que não segue manuais de viagem, do que usar, vestir e como se portar. É mais do que uma viagem, é uma experiência que abre a mente, sai do padrão de mundo que é tanto imposto pela sociedade. A Amazônia, os missionários e os ribeirinhos têm uma história tão rica, impagável.

E a pergunta que os missionários fizeram para mim: Klarissa, você largaria a sua vida, a sua realidade e seus familiares para se tornar uma missionária? É difícil responder isso, mas a resposta é não. Fazer viagens missionárias até aceitaria novamente, dependendo do lugar. Mas residir em um local distante, tendo que abrir mão de tudo não é algo que desejo para a minha vida.

Não sei o que Deus reserva para o meu futuro. Quem sabe ainda vou poder relatar muitas histórias de missões das quais fiz parte, ou essa experiência pode ter sido a primeira e a única.

AS RESPOSTAS

Deixei este último capítulo reservado para você, caro leitor. Durante toda a viagem e tantas aventuras vivenciadas, algumas perguntas e questionamentos ficaram sem resposta. Uma delas, talvez a que traga mais dúvidas, é a tal "dependência de Deus", da qual tanto falamos durante essa viagem. É preciso abrir a mente para compreender do ponto de vista de quem vive isso.

A Bíblia descreve em Habacuque 3:17-18, "Ainda que a figueira não floresça, nem haja fruto na vide; o produto da oliveira minta; e os campos não produzam mantimento; as ovelhas sejam arrebatadas do aprisco e nos currais não haja gado, todavia, eu me alegro no Senhor, exulto no Deus da minha salvação".

Para os missionários, viver na dependência de Deus é trabalhar e servir às pessoas sem, muitas vezes, receber algo em retorno. Isso vale principalmente aos missionários viajantes, aqueles que não permanecem fixos em um local. É como se lançassem a semente, mesmo sem saber se ela vai frutificar. O trabalho de missões é assim, a semente[1] é lançada e pode

[1] *Bíblia Sagrada, Novo Testamento – Marcos 4:10-20.*

ou não crescer e produzir frutos. A dependência em Deus requer abrir mão da ansiedade[2] e do temor do que virá no dia seguinte. A missionária Jussiana Dourado é um exemplo disso. Mora na comunidade de Jacarezinho e trabalha como apoio aos membros da comunidade. Imagine: uma missionária morando sozinha em uma comunidade ribeirinha. Sem acesso rápido a médicos, a saúde básica ou contato com a família.

A fé e a confiança em Deus sustentam a base emocional dos missionários. Viver na dependência significa abrir mão da própria vontade para seguir a vontade de Deus. Recorda da experiência que a missionária Jussiana já viveu no campo missionário? Quando foi picada por vespas e não havia como chegar ao hospital? Foi Deus que a livrou de perecer, mas se a vida dela não estivesse na total dependência de Deus, a dúvida e o medo a tinham consumido.

Os missionários abrem mão de si mesmos para servir o outro. Lembro-me da comparação que o missionário Thiago fez sobre o que é ser missionário, ele cita que deve ser o terceiro: primeiro vem Deus, segundo o próximo, e por terceiro o missionário. Em uma sociedade que vive para si mesma, em que se busca o sucesso e estar sempre em primeiro lugar, parece difícil entender essa forma de viver e pensar.

O fator "abrir mão" envolve o chamado dos missionários. Os cristãos baseiam a sua fé em Deus e na Bíblia Sagrada, e o chamado é um dom pelo qual eles seguem. Alguns têm o dom de pastorear, outros de serem ministros e outros de abrir mão de sua vida para viver no campo missionário. Isso não quer dizer que só aqueles que têm o chamado missionário devem evangelizar. O chamado missionário é para aqueles que vão abdicar de sua vida inteira para viver pelo outro. Seguir os princípios bíblicos e evangelizar é um mandamento da Bíblia, significa que todos os cristãos devem praticar.

Afinal, os campos[3] estão brancos para a ceifa e são poucos os ceifeiros. Isso traduz o fato de que muitas pessoas estão sedentas pelo amor de Jesus. No entanto, há poucos ceifeiros, que são os missionários. Mesmo em viagens como essa, em que pessoas se dispõem a ir e conhecer o trabalho, são poucos os que estão preparados para viver no campo

[2] *Bíblia Sagrada, Novo Testamento – Mateus 6:26-34*
[3] *Bíblia Sagrada, Novo Testamento – João 4:35-38*

missionário. Para abrir mão de tudo, não basta ter o desejo no coração, é preciso ir sem olhar para trás. Ser missionário é: estar inquieto às situações que ocorrem no mundo, buscar a mudança mesmo sabendo que nem sempre alcançará o sucesso. É aquele que se ausenta da sua zona de conforto em busca de novas oportunidades de servir ao outro.

Estar a bordo de um barco durante 15 dias foi uma ideia imaginável até realizá-la. A sociedade faz com que vivamos em nosso "mundinho", faz com que imaginemos que estamos servindo o outro, no entanto, quando me deparei em um barco com 28 missionários ansiosos para chegar às comunidades com poucas famílias, compreendi o que é servir. Um pouco envergonhada, ansiosa e com medo diante das situações que poderia enfrentar, consegui notar o brilho no olhar dos missionários. Trocaram o descanso de suas férias, o aconchego do seu lar para doar um pouco do seu amor ao próximo.

Vivi intensamente os 15 dias, talvez poderia ter aproveitado mais algumas situações, mas, fazendo a retrospectiva dessa jornada, pude notar o quão valioso é aproveitar ao máximo a vida, por mais difícil que determinado momento possa ser. Lembro-me dos três andares de barro indo ao mercadinho lá em Puraquequara, em Manaus, os banhos de óleo de andiroba e repelente, que eram como rituais diários para os missionários, ou a ansiedade para chegar a cada comunidade e ver como era a recepção dos ribeirinhos. São experiências vivenciadas com pessoas únicas!

Recordo-me dos cheiros, do barco Amor Beatriz, do gerador. Das longas e inúmeras conversas na rede, dos lamentos de saudade de quem amamos, dos abraços de despedida de cada comunidade. Tudo isso já deixou saudade, não poderia deixar de me recordar das noites na rede, não havia posição que ficasse perfeita. O ar-condicionado que funcionava apenas em 24 graus e fazia com que passássemos frio na Amazônia.

Agradeço primeiramente a Deus, por ter me dado a oportunidade de participar desta viagem. Foi um sonho que parecia impossível! Ninguém acreditava que eu teria a coragem de ir para a Amazônia, foi mais um desafio vencido. Agradeço às pessoas que acreditaram que este sonho pudesse se tornar um livro, um diário de bordo, que me incentivaram, por mais difícil que fosse ir para a Amazônia. E, por fim, e não menos importante: agradeço a todos os missionários que estiveram a bordo do Amor Beatriz, sem vocês, os protagonistas, este livro não poderia ser escrito.

E qual será o próximo desafio? Apenas o tempo dirá.

FOTOS

A casa de farinha em uma comunidade ribeirinha.

Barco Amor Beatriz na Base Asas de Socorro,
um dia antes de iniciar a viagem.

Jussiana (esquerda) e eu, Klarissa (direita), na Comunidade de Dominguinhos.

O único orelhão da Comunidade de Cachoeira.

A delegacia da Comunidade de Dominguinhos.

Barco Amor Beatriz atracado na comunidade de São Sebastião. Por 15 dias foi a casa dos missionários. (Foto: Cristina Gonçalves)

As redes que, ao fim da viagem, já eram consideradas as camas dos missionários. (Foto: Arquivo pessoal missionário Josué)

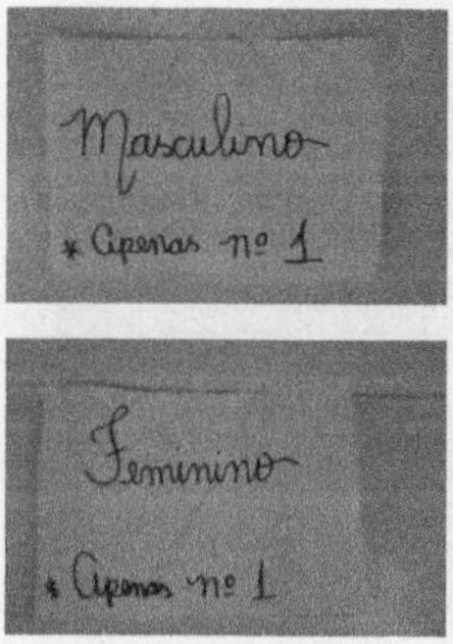

Nos banheiros do segundo andar só se podia fazer a necessidade conhecida como "número 1".

Campeonato de chutes a gol na Comunidade de Dominguinhos.

www.editorainverso.com.br
facebook.com/editorainverso
@editorainverso
(+55 41) 3254-1616 e 3538-8001
(+55 41) 99798-7623

Missionários carregando o barco com m
e malas para seguir com destino às co
(Foto: Ara